聖女様に醜い神様との結婚を押し付けられました

赤村　咲

23085

角川ビーンズ文庫

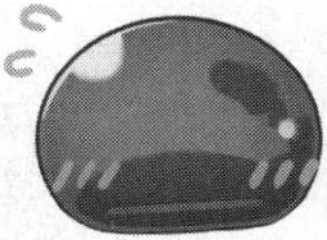

contents

ters

クレイル

無能神と呼ばれ、
神殿の隅に追いやられて
いるが……？

エレノア・クラディール

伯爵令嬢。
クレイル（無能神）の
代理聖女。
明るく前向きな性格で、
神様のお世話に励む。

聖女様に醜い神様との結婚を押し付けられました

人物紹介

charac

アドラシオン

神々の序列二位の戦神であり、
建国神ともよばれる。

リディアーヌ・ブランシェット

公爵令嬢。
アドラシオンの聖女。

ルフレ

神々の序列三位の光の神。

グランヴェリテ

最高神。アドラシオンの兄神。

〈神殿で暮らす聖女たち〉

アマルダ・リージュ

エレノアの幼なじみで、
男爵令嬢。
エレノアに無能神クレイル
を押し付け、最高神グラン
ヴェリテの聖女となった。

ロザリー

光の神・ルフレの聖女。

マリ・フォーレ

つむじ風の神・トゥールの聖女。

ソフィ・グレース

蔓薔薇の神・フォッセの聖女。

本文イラスト／春野薫久

プロローグ◆押し付けられた聖女

……どうして私が、こんな目に遭《あ》わなきゃいけないのだろう。

偉大《いだい》なる神々のおわす場所、神殿《しんでん》。

その神殿内にある一室で、私は一人途方《とほう》に暮れていた。

真昼にもかかわらず、室内は薄暗《うすぐら》い。ほとんど日差しの入らない冷たい部屋を、ときおり隙間風《すきまかぜ》が吹《ふ》き抜《ぬ》けた。

風が吹くたび、部屋を覆《おお》う分厚い埃《ほこり》が舞《ま》い上がる。埃にむせる私が見たのは、朽《く》ち果てたテーブルと椅子《いす》に、カビだらけのソファ。壊《こわ》れた棚《たな》と、原形のわからなくなったベッドと、誰《だれ》かが投げ込んだらしい石やゴミの数々と――。

そんなゴミの間で蠢《うごめ》く――なにか。

荒《あ》れ果てた部屋にあってもひときわ目につく、その『なにか』。それを一言で表すならば、巨大《きょだい》な汚泥《おでい》の塊《かたまり》だ。

大きさは人の腰《こし》ほど。半ば溶《と》けたようにどろどろの体に、形らしい形はない。

色は黒く、部屋に落ちる影《かげ》よりも暗い。だというのに、薄暗い部屋のわずかな日差しを受け、ときおり不気味にぬらりと光る。

そのうえ、それは絶えず蠢き、ねちゃりと粘着質《ねんちゃくしつ》な音とともに悪臭《あくしゅう》をまき散らす。

部屋の入り口に立つ私のところまで届く、鼻の曲がりそうな悪臭に、私はたまらず足を引いた。

――う……っ。

あまりの不気味さに、うめき声が出そうになる。今すぐにでも、背中を向けて逃《に》げ出したかった。

だけど私は、嫌悪感《けんおかん》をこらえて震《ふる》える体に力を込める。

『彼』を前に、私が逃げるわけにはいかなかった。

なぜならば、目の前で醜《みにく》く蠢く『彼』こそは、この部屋の主《あるじ》。

どれほど醜くても、人の姿ですらなくても、神々の中でも最弱の『無能神』と呼ばれていても、彼は神殿に住む偉大なる神々のうちの一柱であり――。

不本意ながらも、この私――エレノア・クラディールが、聖女アマルダ様に代わってこれからお世話させていただく相手なのだ。

1章◆醜い神様

そもそもの発端《ほったん》は数日前。幼なじみの男爵令嬢《だんしゃくれいじょう》、アマルダ・リージュが聖女に選ばれたことだった。

聖女とは、神々のお傍《そば》に仕える者のことである。一柱の神につき、仕えることのできる聖女は一人きり。神託《しんたく》によってじきじきに神から選ばれ、神の寵愛《ちょうあい》と加護を受ける聖女は、この国において特別な存在だ。

神を祀《まつ》る神殿や一般《いっぱん》の人々はもちろん、国を動かす貴族や王家も、聖女は無視できない。神とともに敬われ、大切に扱《あつか》われる聖女は、多くの人々の憧《あこが》れだった。

当然、そんな聖女になりたい人間は多い。神殿には聖女志願者が大勢集まり、日々修行《しゅぎょう》に明け暮れていた。

神々の目に留まるため、生活を正し、祈《いの》りを捧《ささ》げ、神話を学んでは奉仕《ほうし》活動に励《はげ》む日々。それでも、神に選ばれる人間はほんのわずか。何年も修行しても神託が下ることなく、諦《あきら》めて神殿を去る聖女志願者は後を絶たない。

そんな人々を横目に、ほんの数日神殿に通っただけで神託が下り、聖女に選ばれたのがアマルダなのである。

もっとも、この話には落ちがある。

アマルダを選んだのは、神々の中でも最弱と名高い『無能神』。

選ばれてはかえって不名誉《ふめいよ》とさえ噂《うわさ》される、神殿きっての嫌《きら》われ者の神だった――。

はずなのに。

「アマルダが他《ほか》の神に選ばれたから、私に『無能神の世話をしろ』ですって⁉　どういうことですか、お父様！」

そう叫《さけ》んだのは、早朝、クラディール伯爵《はくしやく》家の応接室でのことだ。

父の突然《とつぜん》の呼び出しに来てみれば、そこにいたのは数人の神官とアマルダ。

いったいどういうことかと戸惑《とまど》う私に、父が告げたのが『アマルダの代理をしろ』という命令であった。

「どうして聖女でもない私が、無能神なんかの世話をしないといけないの！　しかも、よりによってアマルダの代わりになんて！」

「『無能神なんか』……なんて、ひどいわ、エレノアちゃん」

私の言葉に応《こた》えたのは、か細く震える声だった。

声に振《ふ》り向けば、神官たちに囲まれ、青い瞳《ひとみ》を潤《うる》ませる少女の姿が目に入る。

ふわりとした亜麻色《あまいろ》の髪《かみ》。丸みを帯びた、小動物めいた顔立ち。ものすごい美少女というわけではないけれど、ついかまってあげたくなるような、素朴《そぼく》な可愛《かわい》らしさ。

そんな可憐《かれん》な容姿には不釣《ふつ》り合いの、責めるような目を向ける彼女こそ、すべての元凶《げんきょう》たるアマルダである。

「いくらなんの能力もなくても、あんなお姿でも、相手は……クレイル様は、神様なのよ。お仕えできることを喜ばなくっちゃ」

小柄《こがら》な割には豊かな胸に手を当てて髪を振るアマルダは、すでに立派な聖女様だ。

たとえ無能神であろうと、神への侮辱《ぶじょく》に怒《いか》り、勇気を奮って私を叱《しか》るアマルダ様を見て、神官たちも感心したようにうなずき合っている。

しかし、私の顔は苦いままだ。当たり前である。

――よく言うわよ！　自分は他の神に選ばれておいて！

それも、異例中の異例。神託が下った翌日に、新たな神が彼女を所望《しょもう》したのだ。

その相手こそは、神々を束ねる大いなる神の王。金髪金眼《きんぱつ》の、輝《かがや》ける美貌《びぼう》の持ち主。すべてを統《す》べる万能《ばんのう》の神、最高神グランヴェリテ様だというのである。

二柱の神に選ばれたアマルダは、苦悩《くのう》の末にグランヴェリテ様に仕えると決めたらしい。

しかし、そうなると余ってしまうのが無能神、もといクレイル様だ。

最弱の神とはいえ、無能神も神は神。神託が下ってしまったからには無視するわけにもいかない。こうなったら代わりの聖女を立ててしまえ――ということで、目を付けられたのが私なのである。

もちろん、私にとっては寝耳《ねみみ》に水。今日、この場に呼び出されるまでまったく話を聞かされていなかった。

「急にごめんね、エレノア――ノアちゃん」

驚《おど》きと怒りに震える私に、当のアマルダは親しげに呼びかける。

しかし続く言葉は、ごめんねなんて言いながら、私の気持ちなんてお構いなしだ。

「でも、ノアちゃんのためなのよ。だってノアちゃん、小さいころからずっと聖女を目指していたでしょう？　なのに、五年も神殿で修行したのに神様に選んでいただけなくて……それで、諦めちゃったでしょう？」

アマルダの言葉を聞いた途端《とたん》、私はピシリと凍《こお》り付く。

知らずこめかみがひきつるが、彼女の無邪気《むじゃき》な瞳にそんなものは映らない。

「ノアちゃん、魔力《まりょく》がぜんぜん足りなかったものね。聖女に選ばれるには、神様の持つ神気に耐《た》えられるだけの魔力が必要だったのに……」

聖女に必要な素質は、心の清さや信仰心《しんこうしん》の強さだけではない。アマルダの言う通り、魔力があることが絶対の条件だ。

だけど、これもアマルダの言う通り、私の魔力は圧倒《あっとう》的に足りなかった。どれほど修行を重ねても、神々のお傍にいられるほど魔力が増えることはなかった。

聖女を目指し、十二歳で神殿に通い始めてから五年間。漠然《ばくぜん》と聖女を夢見ていた幼少期も含めれば、もう十年以上。ずっと聖女に憧れ続けて来たけれど、結局私の夢は叶《かな》わなかったのだ。

そんな私に、生まれつき豊富な魔力を持ち、わずか数日で聖女になったアマルダが優《やさ》しく微笑《ほほえ》みかける。

「だからこそ、クレイル様はノアちゃんにぴったりだと思うの。クレイル様、無能神と呼ばれるほどお力が弱いでしょう？　あれくらいなら、ノアちゃんの魔力とも釣り合いが取れるわ」

それにね、と言うと、アマルダはゆっくりと歩き出した。

凍り付いたままの私に向けて、一歩、二歩。たしかめるように歩み寄ると、彼女はそこで立ち止まる。

ちょうど、手を伸《の》ばせば届く距離《きょり》。アマルダはその距離を縮めるように、そっと私に両手を伸ばした。

「ノアちゃんは、私の親友だから」

その手が、私の両手を固く握《にぎ》りしめる。

応接室に、手を取り合う二人の影《かげ》。熱を持ったアマルダの目が、まっすぐに私の顔を映し込む。

「他の誰《だれ》でもなく、ノアちゃんだから、信じて任せられるのよ。私の親友なら――ノアちゃんなら、きっと逃《に》げ出さずにやりきってくれるって。……たとえ相手が、誰もが嫌《いや》がって投げ出すような無能神だとしても」

窓から差す日が、迷いのないアマルダの顔を照らす。

一見すると、まるで忌《い》み嫌われる無能神を押し付ける行為《こうい》。しかし、アマルダの目に疑いはない。かつて聖女を目指した親友は、こんなことで断るはずがないと確信しているのだ。

深い信頼《しんらい》だけを湛《たた》えたその横顔に、神官たちから「おお……」と感嘆《かんたん》の声が上がった。

「なんと美しい友情でしょうか」「さすがアマルダ様の選んだお方」「これはエレノア殿《どの》に任せる他にありませんな」

口々の称賛《しょうさん》を背に、アマルダは私を摑《つか》む手に力を込めた。

「クレイル様の聖女、引き受けてくれるでしょう、ノアちゃん」

凛《りん》とした強い声。握りあわされた手。差し込む朝の光に、照らされる少女二人。まるで劇の一幕である。感涙間違《かんるいまちが》いなしの、熱い女同士の友情シーンである。視界の端《はし》で、実際に神官たちがちょっと泣いている。

そんな感動の光景を前に、私は大きく息を吸いこんだ。

「お断りだわ!!」

一見どころか、どこからどう考えても余った無能神を押し付ける行為。自分は最高神の聖女の座を選んでおきながら、勝手に断らないと確信され、勝手に友情に感動されても知ったことではない。

そもそも私は、アマルダの親友になった覚えはない!!

その結果が現在である。

薄暗《うすぐら》い部屋で悪臭《あくしゅう》と埃《ほこり》にむせながら、私は最悪の記憶《きおく》に肩《かた》を震《ふる》わせた。

――勝手に引き受けてんじゃないわよ、お父様! 娘《むすめ》の危機に弱気になって!

国の権力者たる神殿《しんでん》と、その最高神に選ばれた新聖女に、父はすっかり怯《おび》えていた。家主のくせに部屋の片隅《かたすみ》でガタガタ震え、理不尽《りふじん》なアマルダたちの言い分に怒《おこ》るどころか、逆に私を宥《なだ》める始末だ。

『娘は急のことで混乱しているだけですので』

怯えた顔で神官たちに揉《も》み手をする父を、思い出すにつけ腹が立つ。

挙げ句に父は、断固として断ろうとする私に向けて、か細い声でこう言ったのだ。

『わかってくれ、エレノア。これはもう、決定事項《じこう》なんだ。親友のアマルダのためだと思って、無能神の聖女になってくれ……』

断じて、親友などではない。

だけど父の言葉から、もう断れないことだけはよくわかってしまった。

——……別に、単純に無能神のお世話をするだけなら、ここまで文句はなかったわよ。

嫌な記憶を払《はら》うように頭を振ると、私は改めて薄暗い部屋に目を向ける。

見たくなくとも、目に入るのは無能神だ。蠢《うごめ》き続ける泥山《どろやま》の神に、憂鬱《ゆううつ》さはどこまでも増していく。

——『聖女になれ』なんて、簡単に言ってくれるわ。どういう意味かわかっているくせに。

聖女として神に仕える、とは言葉通りの意味ではない。

無能神とはいえ、相手は神。敬うべき存在であることは、私もちゃんと理解している。

それをわかっていても拒絶《きょぜつ》するのは、それなりの理由があるからだ。

——私には婚約者《こんやくしゃ》がいるのよ。お父様が決めた相手じゃない。

聖女とは、ただ神に仕えればいいという存在ではない。

聖女は神が選ぶ、たった一人の相手。ただ一人きりの、特別な存在。

それはつまり——神の寵愛《ちょうあい》を一身に受ける、神の伴侶《はんりょ》のことなのである。

——聖女になったら、もう結婚はできないのよ？　婚約の話はどうするのよ。

たしかに、私がかつて聖女を目指していたのは事実。だけど魔力不足を思い知ってからは、きっぱりと聖女の道を諦《あきら》めていた。

今の私は伯爵家《はくしゃくけ》の娘。貴族令嬢《れいじょう》として、家のための婚約をした身だ。婚約者とは上手《うま》くやっている。結婚の話はほとんどまとまっていて、近いうちに式を挙げる予定もある。

それを今さら、破談になんてできるわけがない。それも無能神が原因だなんて、たとえ神が許しても、婚約者とその家が許すはずがなかった。

――お父様は、『なんとかしてみせる』なんておっしゃっていたけど。

どうにか神殿に交渉《こうしょう》してみるから、今は一時的に我慢《がまん》してくれ――と涙目《なみだめ》で告げてきた父の言葉を、どれほど信用できるだろうか。あの気弱な父が、王家に並ぶほどの権力を持つ神殿を相手に、強気で交渉できるとも思えない。

――婚約の話もあるし、さすがにずっと代役をするわけじゃないとは思うけど……。

そうは思っても、代役を下りる目途《めど》は、今のところまったくない。

先の見えない不安感に、私は何度目かわからないため息をつく。

――いったい、いつまで代役をすればいいのよ。どうして私が……。

「……あの」

「……本当に、どうして私がこんな目に」

「……………あの？」

「全部アマルダが悪いんだわ。昔から、いつもそう！　悪い子じゃないんだけど……！」

悪い子じゃないけれど、だからと言って一緒《いっしょ》にいて嬉《うれ》しい存在では決してない。それどころか、幼なじみでなければ関《かか》わりたくもない相手だった。

アマルダは父の親友の娘だ。家ぐるみの付き合いがある彼女は、私の物心が付く前から伯爵家に遊びに来ていて、物心が付いたころには伯爵家の中心にいた。

素直《すなお》で可憐《かれん》なアマルダに、父や使用人たちはいつも夢中だった。アマルダばかりを可愛《かわい》がる人々――主に男性陣《じん》を、私と姉は冷ややかに見ていたものだ。

『エレノア。アマルダには気を付けなさいよ。特に、好きな男は絶対に近づけちゃだめだからね』

とは、結婚をして家を出て行った姉の言葉である。

『なにをしても、結局こっちが悪役にされるんだから。できるだけ関わらないのが正解よ。悪い子じゃないのかもしれないけど、いい性格だわ、あの子』

アマルダを好きになってしまったから――と言われ、婚約が破談になった姉の言うことは重みが違う。

その後、もっといい相手を見つけて結婚した姉は強い。

『アマルダのことは、天災かなにかと思うことね。考えるだけ無駄《むだ》だから、さっさと頭を切り替《か》えなさい』

「……そうね」

アマルダの味方ばかりする父に愛想《あいそ》を尽《つ》かし、結婚と同時に絶縁状《ぜつえんじょう》を叩《たた》きつけた姉を思い出し、私は誰にともなくうなずいた。

こういうとき、姉は絶対にめげなかった。どんな悪い状況《じょうきょう》になっても、諦めることなく前を向き続けた。

だからこそ、姉は幸せを得た――というより、力尽《ちからず》くでもぎ取ったのだ。

「お姉様を見習わなくっちゃ！　今さらうじうじ言っても仕方ないんだから、こうなった以上、やることはやるわよ！」

私は大きく息を吸い、気持ちを奮い立たせるように声を張り上げた。

さらにはこぶしを握《にぎ》り締《し》め、伏《ふ》せがちだった顔を強引《ごういん》に上に向ける。悩《なや》んだところで、今のこの状況は変えられないのだ。

「とりあえず、今日は神様に挨拶《あいさつ》をしないと！　話、通じるかわからないけど!!」

「……私に挨拶、ですか？」

「はい!!」

と力いっぱい返事をしてから、ふと気付く。

――…………はい？

今の声、どこから聞こえた？

慌《あわ》てて辺りを見回すけれど、周囲の景色は変わらない。日当たりの悪い部屋にあるのは、分厚い埃と朽《く》ちた家具。それから、蠢く巨大《きょだい》な泥の山――。

――……ええと。

まさか、ね。

「……神様？」

「はい、はじめまして。あなたの言う神様です……たぶん」

私の言葉に、泥の山が大きく体を揺《ゆ》らした。

まるで会釈《えしゃく》でもするかのようなしぐさに、私もうっかり会釈を返す。

挨拶のように、互《たが》いに頭を下げてから、一拍《いっぱく》。

わずかな沈黙《ちんもく》ののち、私は大きく息を吸い込んだ。

「しゃべった!?」

「はい。言葉は一通り話せるつもりですよ」

私の動揺《どうよう》を意にも介《かい》さず、その泥の山――神様はそう答えた。

見た目にそぐわず流暢《りゅうちょう》に話す彼に、私はしばし呆然《ぼうぜん》とする。

――き、聞いていないわよ、しゃべるなんて……!?

しかも意外すぎるほど声も良い。男性にしては少し高く、女性にしては低い。中性的なその声の響《ひび》きは、姿がこうでなければ聞き惚《ほ》れてしまったかもしれない。

――嘘《うそ》でしょう？　だって無能神よ？　言葉すら理解していないって噂《うわさ》だったじゃな

い⁉

無能神の『無能』とは、神の力に限ったことではない。

その知恵《ちえ》のなさもまた、広く人々に知られていた。

無能神をどんなに罵倒《ばとう》しても、言い返してくることはない。石をぶつけられても悲鳴を上げず、神殿の片隅に追いやられ、こんな埃くさい部屋に押し込められても文句ひとつ言わない。

他《ほか》の神々にこんな扱《あつか》いをすれば、当然神の罰《ばつ》が下る。だけど無能神に限っては、人間に罰が下されたことは一度もない。

それもこれも、すべては自分の境遇《きょうぐう》を理解するだけの知能を無能神が持たないからだという。どれほど罵倒されたところで、無能神はなにを言われているかわからないのだ。

おかげで、人々から尊敬されるはずの聖女も、無能神の聖女だけは例外だ。

最弱の神から力を借りられるはずもなく、知恵がないため、聞くべき神の言葉もない。

無能神の聖女は仕える神ともども役立たずと馬鹿《ばか》にされ、神を祀《まつ》る神殿《しんでん》からもお荷物扱いである――という、話だったのに。

「私になにかご用でしょうか？」

呆《ほう》ける私に、神様は穏《おだ》やかに呼びかける。

落ち着きのある丁寧《ていねい》な口調は、知恵がないどころか、深い知性さえ感じさせた。

「よ、用ですか、ええと……！」

対する私は、すっかり動揺していた。どうにか気持ちを落ち着かせようと息を吸い、吐《は》き切ったところでようやく本来の目的を思い出す。

――そ、そうだわ。今日は挨拶に来たのよ！

私としては心底不本意だけど、これからアマルダに代わって仕える相手。無礼な真似《まね》をしてはいけないと、手遅《ておく》れながらも慌てて背筋を伸《の》ばす。

「す、すみません、先ほどから失礼しました！　私、今日から神様にお仕えする、エレノア・クラディールと申します。聖女アマルダ様の代わりに、一時的にお世話をさせていただく身ですが、よろしくお願いします！」

一時的に、という言葉を気持ち強調しつつ、私は神様に一礼した。

そんな私を、神様がじっとりと見ている――気がする。神様には目がないから、実際のところはわからないけども。

「……代わり？」

短い沈黙のあと、彼は静かな声で言った。

私の言葉を訝《いぶか》しんでいることは、顔がなくとも声の響きだけでよくわかる。

――……当然だわ。

神様が不信感を抱《いだ》くのも無理はない。彼からしてみれば、突然《とつぜん》知らない人間が部屋へ踏《ふ》み込んできたのだ。驚《おどろ》くだろうし、不満も抱くだろう。

神殿も、神様へ事前に報告をしていたとは思えない。私に代理を押し付けたあとは、『勝手に上手《うま》くやってくれ』と丸投げで、ろくに相談にすら乗ってくれなかった。

もっとも、ひとつだけ厳重に言いつけられたことがある。

いかに相手が無能神であろうと、言葉を理解しなかろうと、これだけはきっちり言っておくように──と脅《おど》すように命じられた言葉を、私は頭を下げたまま絞《しぼ》り出す。

「……代わり、です。神様が聖女アマルダ様をご所望《しょもう》だったことは存じていますが、私が、自分から、どうしても代わってほしいと頼《たの》んだのです」

言いながら、私は無意識に両手を握りしめる。口から出る言葉は、一言だって私が考えたものではない。

──どうしてこんな、心にもないことを……！

だけど神殿から、『姉の嫁《とつ》ぎ先にまで迷惑《めいわく》をかけていいのか』と言われてしまえば、従わないわけにはいかなかった。

「アマルダ様は、あなたと最高神グランヴェリテ様のお二方に選ばれて、最後まで悩んでいました。でも、どうしても聖女になりたかった私がアマルダ様に頼み込んで、魔力《まりょく》的に釣《つ》り合いの取れる御身《おんみ》を譲《ゆず》っていただいたのです。ですから──」

そこで言葉を切ると、一度大きく息を吸う。

悔《くや》しさと腹立たしさとアマルダへの恨《うら》みを吐くのをぐっとこらえ、私は吸い込んだ息とともに、神殿が決めた『建前』を、やけっぱちに言い放った。

「問題があるようでしたら、どうぞ私を罰してください。ええ、ええ、素晴《すば》らしくお優《やさ》しい、聖女の中の聖女たるアマルダ様は、ずーっと御身のことをお考えでしたので！」

荒《あら》い言葉と同時にさらに深く頭を下げれば、神様は再び沈黙する。

そのまましばらく。無言で重たげな体を揺らしたあとで、彼はため息でも吐《つ》くかのように大きく蠢《うごめ》いた。

「嘘ですね」

告げられた言葉に心臓が跳《は》ねる。

穏やかな口調は変わらないのに、突《つ》き放すような冷淡《れいたん》な声だった。

「どうせあなたも、どなたかに聖女の役目を押し付けられたのでしょう？」

よくあることです、と言って神様は震《ふる》える。

ねとりと粘《ねば》つきながら揺れる彼は、まるで自嘲《じちょう》するかのようだ。

「私は自分の姿も、あなた方の好みも把握《はあく》しているつもりです。聖女に選ばれても、誰《だれ》も私の相手をしたがらないことも。――どうです？」

こちらを見上げるように体を伸ばし、彼は私に問いかけた。

「私は醜《みにく》いでしょう？」

いいえ――と答えられたなら、本当の聖女になれたのかもしれない。

だけど私は、神様の問いに返事をすることができなかった。

おそるおそる顔を上げ、窺《うかが》い見る神様は――間違《まちが》いなく、醜い。

黒く盛り上がった体は粘り気があり、見るからに不気味だ。身じろぎするように体を揺らせば、その不気味な体がねちょねちょと音を立てる。

たとえその姿から目を逸《そ》らしても、悪臭《あくしゅう》からは逃《のが》れられない。離《はな》れていても感じる刺《さ》すような悪臭は、彼の醜い姿よりも、さらに不快感があった。

頭では、彼が神であることをわかっている。

それでも、彼に生理的な嫌悪感《けんおかん》を抱くのを止められない。まるで本能が拒絶《きょぜつ》しているかのように、今も無意識に足を引きかけていた。

「罪悪感ならば抱く必要はありません。高潔と評判の聖女たちも、誰もが言葉を交《か》わすより先に逃《に》げ出していきました。あなたのように押し付けられた者も、例外なく」

だけど、静かに語る神様の言葉に、私は引きかけの足を止める。

――……誰もが？

そんなはずはない。だって醜く忌《い》み嫌《きら》われる神様とはいえ、彼の聖女になった者は少なからず存在するのだ。

歴代の聖女の記録には、無能神の聖女の名前も刻まれている。記録の中では、逃げ出さずに務め上げた聖女の方が多かったはずだ。

なのに――。

――……あれは、嘘だったの？

「あなたも、明日《あした》からは来なくて結構です。咎《とが》めはしませんし、罰を与《あた》える力も私にはありません。……神殿には、適当な報告をするとよいでしょう。どうせ誰も、ここまで確認《かくにん》には来ないのですから」

低い神様の声を聞きながら、私は改めて部屋を見回した。

うずたかく積もった埃《ほこり》。もう何十年――何百年も放置されたような、朽《く》ちた家具。窓は薄汚《うすよご》れ、光は入らず、窓枠《まどわく》の木は腐《くさ》り落ちている。

――前に無能神……神様の聖女が選ばれたのは、三年くらい前だったわ。

私が聖女修行《しゅぎょう》中の話だから、当時のことはよく覚えている。嫌われ者の無能神に選ばれたその聖女は、一年ほど真面目《まじめ》に無能神に仕えたのち、他の神に求められたのだ。

その後、彼女は無能神よりはるかに格上の神の聖女となり、今も神殿で暮らしている。

彼女が他の神に見初《みそ》められたのは、醜い無能神にも誠実に仕えるような、心の清らかさがあったからこそだ――と、言われていたけれど。

――……一度でも、掃除《そうじ》をしたようには見えないわ。

よどんだ空気の満ちる部屋で、埃にまみれた神様が重たげに揺《ゆ》れる。

「さあ、もう行きなさい。ここは暗く、見苦しい場所です。若いご令嬢《れいじょう》が、いつまでもこんなところにいるべきではありません」

「そう……ですね……」

外へと促《うなが》す神様に、私は素直《すなお》に頷《うなず》いた。

「埃っぽくて、汚《きたな》くて、薄暗くて……こんなところ、私にはとても耐《た》えられません」

ここは若いご令嬢どころか、まっとうな人の住む場所ではない。

こんなひどい場所、もう一秒だっていたくなかった。

「すみません。神様の言う通り、私、退室させていただきますね」

それだけ言うと、私は神様に一礼だけして、そのままくるりと背を向けた。

あとはもう、振《ふ》り返る気すら起こらない。暗い部屋に神様を残して、私は一人、逃げるように部屋を飛び出した。

その――背後。

「……もう、二度と彼女はここに来ないでしょうね」

神様がどこか寂《さび》しそうにそうつぶやき、体を震わせていたなど――。

――掃除用具っ!! 箒《ほうき》! はたき! 雑巾《ぞうきん》!! あんな部屋、掃除しないと耐えられないわ!!

掃除用具を探して、大股《おおまた》で神殿《しんでん》を駆《か》けていた私には、知る由《よし》もなかった。

少女が去った部屋で、『彼』は深いため息を吐いた。

いいや、息を吐《は》く口さえ、今の彼には存在しない。ただ、かつて存在していた肉体の名残《なごり》で、息を吐いたつもりになっているだけだ。

今の彼は、ただ暗闇《くらやみ》に潜《ひそ》み、醜く蠢くおぞましい存在にすぎない。

その事実を、誰よりも彼自身がよく理解していた。

――久しぶりに、人と話をした。

重たく醜い体を揺らして、彼はもう一度息を吐くふりをする。

思い返すのは、出て行ったばかりの少女の声だ。

悲鳴と罵声《ばせい》以外の声を聞いたのは何十年ぶりだろう。これまで訪《おとず》れた人間はみな、一声かけただけで悲鳴を上げて逃げていった。ああして人間と会話した記憶《きおく》も、もう思い出せないほど遠い過去のことだ。

久しぶりの会話は楽しかった。素直にそう思う。

だからこそ、彼女が去ったあとは、部屋の冷たさがより際立《きわだ》って感じられた。

――人間ならば、この感情を『さみしい』とでも言うのだろうか。

だが、今の彼はもはや、そんな感情すらも忘れてしまった。

罵声を浴びせられることも、石を投げられることも、彼は慣れ切っていた。あるいは蔑《さげす》まれ、無視をされ続けることに、苦痛を抱《いだ》く心も失った。

怒《いか》りの感情は思い出せない。怒《おこ》ったところで、人間たちに罰《ばつ》を与える力もない。

ただ体だけが、穢《けが》れを集めて醜く膨《ふく》れ続けるだけだ。

「――良いのですか。あの娘《むすめ》を行かせてしまって」

暗闇の中から、ふと慇懃《いんぎん》な声がした。

目すらない彼に声の主は見えない。だが、よく知った声だ。

彼を馬鹿《ばか》にする人間たちのものではない。冷徹《れいてつ》な気配を纏《まと》う、神の声だ。

「どうせあの娘も戻《もど》りません。そもそもあの娘自体、聖女が立てた代理です。……聖女などと名乗りながら、一度も顔を見せることなく代理を寄越《よこ》すなど！　こんな無礼を許して良いのですか!!」

「仕方ないだろう。私から強要することはできない。それだけの力もない」

「御身《おんみ》が望めば、叶《かな》わぬことなどありません！　御身の声一つで、他《ほか》の神々も立ち上がります！　不敬な神殿の連中に罰も下しましょう！　塵《ちり》一つ残さずに消し去り、御身の偉大《いだい》さを人々に焼き付けましょう！」

熱のこもった神の声に、彼は苦笑《くしょう》する。

人々を守るべき神だというのに、言っていることはまるで真逆だ。

「私に、そこまでの価値はないだろう？　記憶を失い、元の姿も忘れ、自分が何者かさえも思い出せない。もはや、神であるかすらもわからない存在だ」

「御身は……人間たちの穢れを集めすぎたのです……！　聖女さえいれば御身の穢れを清められたはずなのに、あのアマルダとかいう小娘めが！」

ギリ、と歯を噛《か》む音がする。

だけど今の彼には、どうしてこの神が己《おのれ》のために怒ってくれるのかもわからなかった。

「最高神に選ばれたからと、御身の聖女を拒《こば》むとは！　ここまで見え透《す》いた偽《いつわ》りがありましょうか！　あの『人形』が、聖女を選ぶことなどありえないというのに!!」

怒りの声を吐き終えると、神は大きく息を吐く。

吐き出すことで、少しは気が晴れたのだろう。未《いま》だ怒りの気配は消えないが、続く声は先ほどより落ち着いたものになる。

「……御身には、もう時間がありません。ここまで穢れを溜《た》めてしまえば、悪神に堕《お》ちるのも時間の問題です。あと一つ二つでも大きな穢れが現れれば、いくら御身でも身が持ちますまい」

怒りに替《か》わって声ににじむのは、深い憂《うれ》いの響《ひび》きだ。

己の身を案ずる名も知らぬ神に、彼は内心で少しだけ笑《え》む。

ここまで穢れに堕ちてもなお、この神は自分の事を見捨てずにいてくれるのだ。

だが——続く神の言葉は喜べなかった。

「その前に、新たな聖女を選ばせましょう。急がねばなりません。今度こそ、心の清い者を用意するようにと厳命します」

——誰《だれ》を選んだところで、結果は見えているだろうに。

誰も彼の聖女にはなりたがらない。みな先ほどの少女のように逃げていき、もう二度と戻ってくることはないのだ。

これまでもずっとそうだった。この先も、変わることはない。

長い年月の間に、彼は失望することにも飽《あ》いていた。人間への期待も、怒りも、悲しみも、もう彼の中にはひとつもない。ただひたすらに、冷たい諦《あきら》めが残るだけだ。

空虚《くうきょ》な部屋に似合いの、空虚な感情が、彼の心を埋《う》め尽《つ》くそうとしたとき——。

「ああもう！　重っ!!　なんでここ、神殿のこんな端《はし》っこにあるのよ!!」

——……うん？

ガチャガチャと大荷物を揺らす少女の声が、静寂《せいじゃく》を荒々《あらあら》しく掻《か》き消した。

「神様！　大掃除《おおそうじ》しますから、端っこに寄ってください!!」

片手にバケツ。片手にモップ。小脇《こわき》に箒とはたきを抱《かか》えて部屋に乗り込んだ私は、正直に言って完全に油断していた。

ドレスはくしゃくしゃ、袖《そで》は乱暴に腕《うで》まくり。ただでさえ癖《くせ》のある栗色《くりいろ》の髪《かみ》も荒く振り乱し、「さあ今から部屋を丸ごときれいにするぞ！」と意気込んでいた私に、身だしなみの概念《がいねん》など存在しない。

まさか客人が来ているとは夢にも思わず、私は令嬢らしさのかけらもない姿を晒《さら》す羽目になってしまった。

「――代役の娘《むすめ》か」

あるいは、抱えた大荷物をどうにか落とさずに済んだだけでも、むしろ幸運だったと思うべきだろうか。

底冷えのする低い声に、私は部屋に入ったその格好のまま立ち尽くした。

見開かれた私の目に、燃えるような赤い髪が映る。

私を見据《みす》えるのは、髪と同じくらい鮮《あざ》やかな赤い瞳《ひとみ》。彫像《ちょうぞう》よりもなお精緻《せいち》で硬質《こうしつ》な顔。

一目で人間ではないとわかる美貌《びぼう》を前に、私の呼吸は完全に止まっていた。

――……まさか、嘘《うそ》でしょう？

挨拶《あいさつ》をしなければ、という考えも、今は頭に浮《う》かばない。

それくらい、目の前にいる人物は思いがけない相手だった。

――アドラシオン様！　最高神に次ぐ序列二位の神様が、どうしてここに!?

神々の序列第二位――戦神アドラシオン。

彼こそは、この国の祖である建国神だ。

今から千年前。最初に天から降り立ったのがアドラシオン様だ。彼はこの地に住まう人間の少女と恋《こい》に落ち、彼女が生きるための場所を作り出した。

それがこの国の始まり。建国の神話である。

しかし、そんなロマンチックな神話とは裏腹に、アドラシオン様の性格は冷徹にして厳格。戦神の性質ゆえに敵に対して容赦《ようしゃ》がなく、戦いのあとは草の一本も残らない。そのことから、人間のみならず、他の神々からも恐《おそ》れられているという。

彼を止められるのは、彼が唯一《ゆいいつ》尊敬する兄神――最高神グランヴェリテ様のみ。

弟神であるアドラシオン様は兄神を深く尊敬していて、例の恋人の少女と兄神以外には、絶対に膝《ひざ》を折らないという。

――そんなお方が、なんで神様の部屋にいるの!?

仲良くお話ししていた、とは思えなかった。

とっさに神様に目を向ければ、彼は黒い体をねとねとと震《ふる》わせている。

まるで怯《おび》えている――ように、見えなくもない。

怯える神様。他神にも容赦ないアドラシオン様。正直に言って、ちょっと大人しそうな最弱神と、いかにも怖《こわ》そうな序列二位。

——まさか……！

嫌《いや》な予感しかしない。

悪い想像に強張《こわば》る私を見下ろし、アドラシオン様は不愉快《ふゆかい》そうに眉《まゆ》をひそめた。

「……ろくに魔力《まりょく》も持たない、こんな凡庸《ぼんよう》な娘を寄越すとは。神殿《しんでん》の連中め、愚《おろ》かなことを。自らの首を絞《し》めているとも知らず……！」

そのまま短く私を一瞥《いちべつ》すると、彼は苛立《いらだ》たしげに首を振《ふ》った——次の瞬間《しゅんかん》。

彼の姿は、煙《けむり》のようにその場から消えていた。

——消え……!? い、いえ、神々ならよくあることだわ！

膨大《ぼうだい》な魔力さえあれば、人間だって瞬間移動の魔法は使えるのだ。神ともなれば、いきなり消えることもあるだろう。

そんなことより、今はもっと気になることがある！

「——神様!!」

アドラシオン様の消えたあと、私は掃除用具を投げ出し、慌《あわ》てて神様へ駆《か》け寄った。

ねちょねちょの体に触《ふ》れない程度に近寄ると、黒い全身をおもむろに眺《なが》めまわす。

「神様！　大丈夫《だいじょうぶ》ですか!?」

「は、はい……？　大丈夫、とは？」

そう答える神様の声には、明らかな動揺《どうよう》が滲《にじ》んでいた。

妙《みよう》にそわそわして、戸惑《とまど》っているようで――どう考えても、様子がおかしい。

――やっぱり！

「神様、他《ほか》の神様たちに、いじめられていませんか!?」

思わず前のめりに詰《つ》め寄れば、神様はぎょっと身を強張らせた。

そのまま瞬《まばた》きでもするかのように、泥《どろ》のような体を小さく震わせて、少しの間。

「…………はい？」

短い沈黙《ちんもく》のあとで、神様は今日一番、最高に混乱した声でそう言った。


それから。


「私が……いじめられている……それでそんな、慌てて……」

今日一番に混乱したあと、神様は今日一番に笑い続けていた。

粘性《ねんせい》の体が愉快そうに震える横で、当の私は恥《は》ずかしさに震えている。

羞恥《しゆうち》と気まずさに顔は赤く、冷や汗《あせ》なのかなんなのか、変な汗が止まらない。

「どうしてそんな勘違《かんちが》いなんて……。彼はそんなことをする神ではありませんよ。私に、とてもよくしてくれています」

「で、ですよね……！」

笑いをかみ殺す神様に、私はそう答える他になかった。

アドラシオン様といえば、恐ろしいけれど公正で、不正や悪を嫌《きら》う正義のお方だ。弱い者いじめをするはずもなく、逆に誰かがいじめられていたら、守ってくれる方《ほう》だろう。

この部屋に来ていたのも、顧《かえり》みられない神様を心配して、様子を見に来てくださっていたのだそうだ。

――し、失礼すぎる勘違いをしてしまったわ！

うっかり本人の前で余計なことを言わなくて良かった。危ないところだったと内心で安《あん》堵《ど》しつつ、私は言い訳を口にする。

「……だって神様、なんだか動揺していらっしゃったようですし。ちょっと話しただけですけど、ぽやっとした雰囲気《ふんいき》がおありだし……」

人間に石を投げられても、聖女に逃《に》げられても怒《おこ》らないような大人しい方だ。

そんな神様が、容赦ないと評判のアドラシオン様と並んでいて、平和な想像をする方が難しい。

「……私を心配してくださったんですね」

ふう、と笑い疲《つか》れたように息を吐《は》くと、神様は笑《え》みを含《ふく》んだ声で言った。

「そんな方ははじめてです。みんな、この部屋を出たら戻《もど》ってくることさえないというのに。……エレノアさん、でしたか？　どうして、またこの部屋に戻ってきたのです？」

「どうして、って……」

「このまま戻って来なくても、咎《とが》めないと言ったはずです。これまでの聖女も、みんなそうしてきました。神殿と交渉《こうしょう》したのか、他の神の聖女になった者もいます」

神様の声は、相変わらず静かで穏《おだ》やかだ。

やわらかく、優《やさ》しい響《ひび》きなのに――同時に、どこか仄暗《ほのぐら》さがある。

「こんな醜《みにく》いモノの相手をしなくても良いのに――なぜ、あなたは戻ってきたのですか？」

「なぜ……？」

神様の言葉に、私は眉をひそめた。

醜いと言われればその通り。事実として神様は目を逸《そ》らしたくなる姿をしていて、相手にするどころか近づきたいとも思えない。

大人しい神様のことだから、咎めないのも本当なのだろう。他の神の聖女になれるのなら、その方が良いに決まっている。

それでも、私の中に『戻って来ない』という選択肢《せんたくし》はなかった。

「……聖女なら、神様のお世話を投げ出したりはしないでしょう？」

もちろん、私は単なる代理の聖女。一時的な身代わりであり、いつかはアマルダに押し付け返したいと思ってさえいる。

だとしても――今は、私が神様の聖女なのだ。

「私、これでも聖女を目指した身ですもの。そりゃあ、美形の神様に選ばれたいとは思っていましたけど」

序列が高くて顔が良くて、そのうえ性格も良い神様だったらもちろんうれしい。逆に、無能神だけは絶対に嫌だと、他の聖女見習い同様に思っていたのも事実だ。

だけど嫌だと思ったところで、自分を選んでくれる神様を、自分では決められない。

それをわかったうえで、私は聖女を目指していたのだ。

「どんな神様でも、選んでくださる方がいるのなら、誠意を持って仕えるだけの覚悟《かくご》はしていました。美形の神様でも、クレイル様でも、聖女になった以上は全力を尽《つ》くします。

……聖女って、そういう人のはずでしょう？」

「エレノアさん……」

黒い泥山のような神様の体が揺《ゆ》れる。多くの聖女が投げ出した、醜い神様の姿に、私はにこりと目を細め――。

「エレノアさん、ありがとうござ――」

「それなのにみんな逃げ出すなんて！　そんな人が聖女に選ばれて、私が選ばれなかったなんて悔《くや》しいじゃないですか！」

ぐっとこぶしを握《にぎ》る私に、神様はまた別の意味で震えた。

たぶん、怯えて震えているだろう神様は、しかし私の目には入らない。負けん気だけを握りしめ、私は狭《せま》い部屋で声高《こわだか》に叫《さけ》んだ。

「こうなったら、意地でも聖女をやり通すわ！　逃げたり押し付けるような連中に負けるもんですか！　まあ、アマルダの代理期間中だけですけど！」

ふんす！　と鼻息を吐く私に、神様は唖然《あぜん》とした様子で黙《だま》り込む。

それから少しの間のあとで、彼は先ほどよりも控《ひか》えめに――だけど、やっぱり愉快そうに笑った。

「それなら、これからよろしくお願いしますね、エレノアさん」

「ええ！」

私が大きく頷《うなず》けば、神様の体がねちょりと、少し弾《はず》むように揺れた。

2章◆光の神ルフレ

不本意な代理聖女就任の翌日。私は神殿《しんでん》内にある聖女用宿舎で、ぱちんと頰《ほお》を叩《たた》いた。

——さあ、グズグズ悩《なや》んでいる暇《ひま》はないわよ！

いつまで代理をするのかとか、神殿での生活の不安とか、悩ましいことは山ほどあるけれど、考えるのはすべて後回しだ。どうせ考えたところで、私にできることはない。

——神殿との交渉はお父様に任せるしかないもの。いくら気弱で押しに弱いお父様でも、『なんとかしよう』って言ったんだからあとは信じて待つだけよ！

それに念のため、婚約者《こんやくしゃ》には私から事情を説明する手紙を送ってある。彼の方でも神殿に働きかけてくれるよう手紙に書いておいたので、父が役に立たなくとも安心だ。

——だってお父様だし、強く言われたらすぐに押し負けるし。

とまあ、信じて待つと言いながら、さっぱり信じていないのは置いておいて。

——私がいくら悩んでも、代理聖女の件は解決しないわ。だったら、他の解決できそうなところに手を付けるべきでしょう！

気合を入れて顔を引き締《し》めると、私は顎《あご》を持ち上げる。

今日から無能神――ではなく、クレイル様の聖女の、本格的な一日目。

代理とはいえ、彼の聖女となったからには、最初にやるべきことは決まっていた。

――とにかく、まずは大掃除《おおそうじ》よ!!

なにを置いても、最優先は神様の部屋の片付けだ。何年、何十年と放置され、すっかり荒《あ》れ果てた部屋は、昨日一日の掃除できれいになるはずもない。

分厚い埃《ほこり》は払《はら》っても払いきれず、窓は日差しも入らないほど真っ黒に汚《よご》れたまま。窓枠《まどわく》は腐《くさ》り、暖炉《だんろ》には蜘蛛《くも》の巣が張り、家具のたぐいは完全に朽《く》ち果てていた。

――まずは埃を払って、窓を拭《ふ》いて、それからボロボロの家具を新しいものにしないと……って、そういえばあの部屋、どうして家具なんてあるのかしら？

意気込み、部屋を出ようと扉《とびら》に手をかけながら、私はふとそんなことを考える。

思えば、神様はあの姿だ。椅子《いす》やテーブルなんて、どうやって使うのだろう。

――聖女用かしら？　普通《ふつう》、聖女は神様と同じ部屋で暮らすものだし。

神殿には聖女用の宿舎があるものの、基本的に聖女はこの宿舎を使わない。

なんと言っても、聖女は神の伴侶《はんりょ》である。同じ部屋か、そうでなくとも同じ屋敷《やしき》内で生活するのが当然だった。

逆に言えば、宿舎に寝泊《ねと》まりする聖女は、その当然ができない存在ということだ。

神様とうまくいっていなかったり、神様に拒絶《きょぜつ》されていたり、様々な事情を持つ訳ありばかりなのである。

そういう場所だから――。

扉を開け、部屋から外に出た途端《とたん》。ばちゃん、と空から水が降ってくる。

バケツをひっくり返したような大量の水に、私は呆然《ぼうぜん》と瞬《まばた》いた。

整えたばかりの髪《かみ》から水が滴《したた》り落ちる。化粧《けしょう》は台無し、服はずぶ濡《ぬ》れ、足元には大きな水たまりができていた。

訳もわからず立ち尽くす私の耳に、どこからかくすくすと笑う声が聞こえてくる。

「見て、ほら、あれが例の『無能神』の聖女よ」

「あら、ご主人様に似て泥臭《どろくさ》いこと。見てあのお顔、泥っぽさがお似合いだわ」

「通り雨にでも降られたのかしら？　ちょうど洗い流されて良かったんじゃない？」

頭上で慌《あわ》てて逃げていくのは、水の精霊《せいれい》たる青い光の粒《つぶ》。

少し離《はな》れてこちらを窺《うかが》う、ニヤニヤ顔の少女たち。

彼女たちから感じる魔力《まりょく》の気配に、私は肩《かた》を怒《いか》らせた。

――陰湿《いんしつ》!!

「きゃっ、こっち見たわ！」

「こわーい。わたしたちなにもしていないのに」

「ねえ、もう行きましょう？　目が合ったら無能神がうつるわ」

「無能神がうつるってどういうことよ⁉　──って、待ちなさい、こら‼」

怒鳴《どな》る私の声など聞かず、少女たちは笑いながら走り去っていく。

残された私は、やり場のない怒りに奥歯を噛《か》みしめた。

──そうね、神殿ってこういう場所だったわね！

かつては私も、聖女を目指して神殿通いをしていたから知っている。

神殿や聖女を志す人間たちが、心清らかなわけでは決してない。

聖女とは神の言葉を聞き、神の力を借り受けるもの。特に、序列の高い神の聖女はその影響《えいきょう》力も計り知れない。下手をすれば、並の大臣よりも発言力を持つこともある。

要するに、権力を求める人間たちも、こぞって聖女を目指すものなのだ。

──ほんっと、ドロドロしていたわ！　特に女社会だから、なおさら！

悪口や陰口《かげぐち》はもちろんのこと、足の引っ張り合いも蹴落《けお》とし合いも日常茶飯事《さはんじ》。陰湿さに心折れ、何人もの少女が泣きながら神殿を去っていったものだ。

それでも、どんなに聖女候補がドロドロしていようと、最後に選ばれるのは清らかな心の持ち主だ。

聖女は神が選ぶもの。どれほど権力を求める人間が殺到《さっとう》したとしても、神には関係ない。神も認めるだけの、心根の美しさを持つ者だけが聖女になれるのだ。

なんて淡《あわ》い幻想《げんそう》は、この瞬間《しゅんかん》に崩《くず》れ落ちた。

私は少女たちの消えた方向を睨《にら》みつけ、濡れたドレスの裾《すそ》をぎゅっと絞《しぼ》り上げる。

「そんな性格だから、神様と一緒《いっしょ》に暮らせないのよ!!」

声を大にして叫ぶ私は、このときはまだ知らなかった。

こんなことをするのは、宿舎暮らしをするあの少女たちだけ。

神殿の他《ほか》の場所は、もっと清らかなのだ——と、勘違《かんちが》いしていたのだ。


「——ほんっと、腹立つわ!!」

神殿の端《はし》の端にある、神様の住む小さな部屋。

私は部屋の中央にある朽ちかけのテーブルに、食事を載《の》せたトレーを荒々《あらあら》しく叩きつけた。

「なによここ！　ぜんっぜん清らかじゃないじゃない！」

「……ど、どうかされました？」

時刻はまだ午前中。だというのに薄暗《うすぐら》い部屋の、さらに薄暗い片隅《かたすみ》で、泥の山こと神様が怯《おび》えたように震《ふる》えた。

私の剣幕《けんまく》におののいたのか、神様は居心地《いごこち》悪そうに壁《かべ》に張り付いている。突然《とつぜん》のことに戸惑《とまど》い、しゅんと身を縮めている気の毒な神様は、しかし気遣《きづか》ってはあげられない。

置いたばかりの食事をきつく睨みつけると、私はその目つきのまま神様に顔を向けた。

「聞いてくださいよ、神様！　ここの食堂、ひどいんですよ！」

ぐっと力んで告げるのは、神様の部屋を訪ねる前に寄った食堂でのことだ。

神々と聖女の食事は、基本的には神殿内の食堂で作られる。

食事は日に三度。神や聖女ごとにそれぞれ別の食事が食堂に用意されるが、この食堂自体の利用者はそれほど多くない。普通であれば、神の食事は部屋まで運んでもらえるものだし、聖女は自分の仕える神と一緒に、同じ食事を摂《と》るのが当たり前だからだ。

——普通であれば、ね！

逆に言えば、普通ではない——『無能神』のように位の低い神様は、食事を運んでもらえない。聖女自ら食堂に食事を取りに行き、神様に配膳《はいぜん》する必要があった。

もっとも、それだけならばここまで腹を立てはしなかった。

聖女は本来、一人で神様の身の回りのお世話をするものである。聖女修行《しゅぎょう》時代には掃除も配膳も自分でしていて、私も一通りはこなせるようになっていた。

でも！　と私はこぶしを握《にぎ》り締める。

「食事の内容が序列によって違いすぎるんです！　っていうか、神様のは食事ですらなかったわ！」

無能神にはこれで十分だろ——と言われて、投げて寄こされたカビたパンを思い出し、私は怒りに肩を震わせる。私の握りこぶしよりも小さなカビパンをよそに、食堂の奥で作られる他の神用のフルコースが目に入ったのも腹立たしい。

——いくら神様が序列最下位だからって、これはないわよ！

さすがに我慢《がまん》できず、食堂に出向いたその足で神官に告げ口をしに行ったくらいだ。

だが、無能神の聖女の言葉など、神官は聞いてもくれなかった。私の訴《うった》えを鼻で笑い、『本来、神に食事は必要ない。不満があるなら食べなければいいだろう』と切り捨てるだけ。私は小さなカビパンを手にすごすご退散する他になかった。

「私の食事も、うっすいスープとパンだけ！　貧民街での炊《た》き出しの方がもっとマシなものが出るわよ！　こんなのでお腹《なか》が膨《ふく》れるわけないじゃない！」

ムカムカした気持ちを吐《は》き出しつつも、私はパンを半分に千切る。続けて、どうにか譲《ゆず》ってもらえた空の器《うつわ》にスープを注いでいると、神様が不思議そうに体を震わせた。

「ええと、それはお気の毒ですが……その、なにをしていらっしゃるんですか？」

神様は震えながら、泥のような体を私に向けて伸《の》ばしてくる。

ねとねとでわかりにくいが——どうやら、私の手元を覗《のぞ》き込んでいるらしい。

「食事でしたら、ここではなく食堂で取られた方が良いのでは？　ここには私がいるので、あまり食欲もわかないでしょう」

見た目的にも嗅覚《きゅうかく》的にも食欲のわかない神様が、申し訳なさそうにうなだれた。

本音を言うのなら、私だって神様と食事はしたくない。食堂で食事を摂れるなら、そうしておきたかった。

でも、こうなった以上そうはいかない。

「神様に、カビたパンを食べさせるわけにはいきませんから」

不機嫌《ふきげん》なまま、私は半分にしたパンとスープをトレーに載せる。

「私の食事も粗末《そまつ》なので申し訳ないんですけど――どうぞ。こっちの方が、まだ食べられるはずですよ」

そう言うと、私はその場にしゃがみ込んで、トレーを神様の前に置いた。

まだ掃除《そうじ》もままならず、黒く汚《よご》れた床《ゆか》の上。目の前に差し出されたトレーを前に、震えていた神様の動きがぴたりと止まる。

そのまま、彼は身じろぎもしない。無言で食事を見つめている――ようにも見える神様に、私の方もまた体を強張《こわば》らせた。

――これは……やらかした……？

もしかして、床に直接トレーを置いたのがまずかったのだろうか。

テーブルに置いても手が届かないだろうと、深く考えずに床に置いてしまったけど――よく考えると、この光景、犬猫《いぬねこ》の扱《あつか》いに見えるのでは？

――お、怒《おこ》っていらっしゃる……？

内心で冷や汗《あせ》をかきつつ、私はおそるおそる神様の様子を窺い見る。

私の視線に気付いたのだろう。凍《こお》り付いていた神様が、ようやくねとりと揺《ゆ》れた。

「……神は、食事をしなくても問題ありません」

彼が口にするのは、心底からの困惑《こんわく》の声だ。

トレーの端に手らしきものを伸ばすと、彼は遠慮《えんりょ》がちに押し返す。

「神が死ぬ方法は二つだけ。他の神に討《う》たれるか、自ら神の力を捨てるかです。空腹で死ぬことはありませんし、実際に私は、もう百年以上、ものを口にはしていません」

「………………」

「私のことは気にしなくて結構です。少ない食事なのでしょう？　どうぞ、ご自分で召《め》し上がってください」

押し返された食事を前に、私は無言だった。

神様が餓死《がし》しないことは、さすがの私でも知っている。

そもそも神とは、死すらも超越《ちょうえつ》した方々だ。神官の言う通り、彼らに食事は必須《ひっす》ではない。

しかし、私の頭に浮《う》かぶのはそんなことではなかった。

「……フルコース」

「は？」

「じゃあ、なんで他の神様はフルコースなのよ！」

食堂で見かけてしまった、他の神用の豪勢《ごうせい》な食事である。食べ物の恨《うら》みは深いのだ。

「空腹では死なないって言っても、食べる理由があるんじゃないんですか!? じゃなかったら、あの食事ぜんぶ無意味じゃないですか！」

単なる嗜好品《しこうひん》だろうか。それともまさか、お供えのためだけに作っている？

神様に食べられることなく、フルコースまるごと廃棄《はいき》されるだなんて――。

「もったいない!!」

思わず本音を叫《さけ》んでしまえば、神様が困ったようにねとっと震えた。

空腹で気が立っている私を宥《なだ》めようというのだろう。彼は控《ひか》えめに、野獣《やじゅう》でも宥めるかのようにそっと口を出す。

「……ええと、無意味というわけではないかと。食べなくても平気ではありますが、空腹自体は感じるので」

ほほう。無意味ではないと。

食べなくても平気だけど、空腹は感じると。

なるほど、だから神殿《しんでん》の料理はちゃんと他の神も食べていて、無駄《むだ》にはならないと。

なるほどなるほど――。

「それ、平気って言いませんから!!」

押し返されたトレーをガッと押し戻《もど》し、私は神様を叱《しか》りつけた。

しかもこの神様、さっき『百年以上ものを口にしていない』と言っていなかっただろうか。そのうえで、『自分のことは気にせず食べろ』、と。

――き、聞かなきゃよかった!!

言われなきゃ気にしなかったのに、余計なことを……!

しかし聞いてしまったからにはもう手遅《ておく》れである。私は問答無用とばかりに立ち上がると、いつまでも遠慮する神様に向け、ビシッと指を突《つ》きつけた。

「いいから、遠慮するくらいならさっさと食べちゃってください! 今日はこのあと、大掃除をしないといけないんですから!」

急《せ》かすように神様を睨《にら》めば、彼はすっかり怯《おび》え切ったように震《ふる》えあがった。

それから――長い間のあとで、おずおずと食事に向かって泥《どろ》の手を伸ばした。

そういうわけで、質素すぎる食事を終えたあとは大掃除だ。

昨日のうちに目に付く埃《ほこり》は払《はら》っておいたものの、やるべきことはまだまだある。

朽《く》ちた家具。すすけた暖炉《だんろ》。曇《くも》った窓ガラス。腐《くさ》ってボロボロのじゅうたんに、神様の体で汚れた泥の床。

――これは気合を入れないと……!

一日二日では終わらない惨状《さんじょう》に、私は気持ちを引き締《し》める。せめてもの幸いは、神様の部屋がさほど広くないことだろうか。

神様の部屋の大きさは、伯爵家《はくしゃくけ》にある私の自室より少し小さいくらい。狭《せま》いとまでは言わないけれど、神の住む場所としては破格の窮屈《きゅうくつ》さである。

——最高神様は、宮殿《きゅうでん》みたいなお屋敷《やしき》に住んでいるのにね。

神殿内でも特に豪華《ごうか》な最高神様のお屋敷を思い出し、私は「はん」と鼻で息を吐く。

アマルダはそのお屋敷に、大勢のメイドにかしずかれて暮らしているらしい。聖女は一人で神様の身の回りのお世話をするもの——なんて話は、建前もいいところだ。

ちなみに、序列二位のアドラシオン様は、最高神様よりもう少し小さな屋敷を丸ごと与《あた》えられている。三位、四位とその屋敷が少しずつ小さくなり、さらに下の序列の神々は、同じ屋敷の中で部屋を分けて暮らしているという。

そして目の前の神様は、その神々の住まう屋敷にも入れてもらえず、神殿の敷地の中でも端《はし》の端にある、ほとんど物置みたいなボロボロの小屋に住んでいた。

——本当、格差社会にもほどがあるわ。人々の平等を謳《うた》う神殿なんだから、神様も平等に扱えないものかしら！

などと不平等への怒《いか》りを込めて、私はきつく雑巾《ぞうきん》を絞《しぼ》り上げた。水滴《すいてき》が服に跳《は》ねても気にしない。どうせ汚れると思って、最初から安物を着てきている。

——これなら、男の人が着るようなズボンでも良かったわ。お父様に頼《たの》んで送ってもらおうかしら。

聖女は本来どうたらなんて、ここまで待遇《たいぐう》に差があれば知ったことではない。

他《ほか》の神がフルコースを食べる横で、こっちはパン一つを分け合っているのだ。

——神殿があてにできないなら、金の力でなんとかするわよ。どうせ私じゃなくて、お父様のお金だもの！

さっさと代役の件を解消してくれなきゃ、実家の資金を使い潰《つぶ》してやる——と内心で邪悪《じゃあく》なことを考えつつ、私は固く絞った雑巾を握《にぎ》りしめる。

それから、力んだ声で神様を追い立てた。

「神様！　今日も掃除をしますから端に寄ってください！」

私の言葉に、神様が慌《あわ》ててねちょねちょと移動する。素直《すなお》で大変よいことだけど、その動いた跡《あと》には顔をしかめてしまった。

神様の移動したぶんだけ、黒いどろどろの跡が残っているのだ。

——しまったわ。余計に汚れが……！

というかこの汚れ、そもそもなんなのだろうか。

泥——と言いたいところだけど、それにしては黒すぎである。そのうえ粘《ねば》つき、嗅《か》いだことのない悪臭《あくしゅう》まで放っている。

——まさか、神様の体液……？

自分の想像にぞっとしつつも、私はその場に屈《かが》みこみ、我《われ》ながら勇敢《ゆうかん》にも手を伸《の》ばした。

……伸ばしてしまった。

「――いけません！」

触《ふ》れる寸前、神様が慌てたように声を上げる。

だけどもう遅《おそ》い。黒いものが私の指の先に触れてしまった。

瞬間《しゅんかん》、痛みにも似た衝撃《しょうげき》が体に走る。

指先から伝う衝撃は、腕《うで》を這《は》い、体を巡《めぐ》り――頭の中を真っ黒に染め上げた。

『どうして……どうして私ばっかり！』

『殺してやる、殺してやる殺してやる殺してやる！』

『不幸になれ。俺以外、全員不幸になれ!!』

頭の中に声が響《ひび》き渡《わた》る。

声とともに、強くて暗い感情が心に満ちていく。

誰《だれ》かが憎《にく》い。誰かが恨めしい。自分だけが可愛《かわい》い。

黒くて暗い、どろどろとしたその感情は――神様のまとう、あの泥にそっくりだ。

粘り気があって、絡《から》みついて離《はな》れない。
『──お前だってそうだろう？』
暗闇《くらやみ》の底から声がする。
『お前だって──誰かが憎いだろう？』
こっちへ来い、と誘《さそ》っている。
──いや。
嫌《いや》だと思っても、止められない。
暗闇の声に頭が染まり、他のことが考えられなくなる。
──私は、そんなこと。
拒《こば》む心さえも、どこか遠い。
指先に触れた泥に──どす黒い感情に、心が塗《ぬ》りつぶされていく。
そのまま完全に黒く染まる、その間際《まぎわ》。
「──エレノアさん!!」
反対側から、誰かの『手』が私を掴んだ。

「エレノアさん！　大丈夫《だいじょうぶ》ですか！」

強く呼びかける声に、私ははっと目を覚ました。

視界には、薄暗い神様の部屋の天井《てんじょう》が映っている。

鼻を突くのはカビの臭《にお》いだ。どうやら朽ちた家具の一つ、カビだらけのソファに横たわっているらしい。

――ええと……？

たしか私は、掃除《そうじ》をしていたはず。

でも、神様の黒い泥に触れて――その瞬間、ひどく嫌な感情が流れ込んできたのだ。そこまで思い出して、私は知らず体を震わせる。

具体的には覚えていないものの、吐《は》き気がするほど強い感情だったことだけは頭に焼き付いている。暗く、冷たく、どす黒いその感情に、私は呑《の》み込まれそうになっていた。

だけど――呑み込まれる直前に、誰かが私の腕を摑んでくれた。

私を引っ張り上げてくれた、力強くて優《やさ》しい、あの手は――。

「……夢？」

「夢ではない」

私の独り言に、間髪《かんはつ》を容《い》れずに誰かが答える。

神様の声ではない。驚《おどろ》いて飛び起きれば、ソファの横に立つ二つの影《かげ》に気が付いた。

一つは、心配そうに揺《ゆ》れる神様だ。もう一つは――。

「アドラシオン様!? どうしてここに!」

「たまたま様子を見に来ただけだ」

アドラシオン様は感情のない声で言うと、私の指先を一瞥《いちべつ》した。

指の先には、まだあの泥《どろ》のような汚《よご》れが付いている。だけど先ほどまでと違《ちが》って粘りつくことはなく、乾《かわ》いた泥のように砕《くだ》けて指から剝《は》がれ落ちていく。

「穢《けが》れに触れたな、人の娘《むすめ》。御前《ごぜん》が助けなければ、そのまま穢れに堕《お》ちていたところだ」

「……穢れ？」

その言葉は、私も知っている。

穢れとは、この世にはびこる『邪悪』だ。

妬《ねた》みや恨《うら》みといった人の悪意から生まれ、濃《こ》くなれば魔物《まもの》や災厄《さいやく》を生み出すもの。

人が穢れに触れれば、その悪意に呑み込まれ、穢れの一部にされるという。

この国にも、建国神話の時代にはあちらこちらにあったらしい。時に神さえも呑み、人に害をなす悪神に変える穢れの恐《おそ》ろしさは、神話の中でもたびたび語られていた。

だけど現代では、そんな穢れが発生したという話は一切《いっさい》ない。

それもこれも、すべてはこの国が特別に神々に愛され、守られているからである。

――……という話なんだけど。

無意識に、私は神様を窺《うかが》い見た。

神様を形作る、泥の山めいた黒いどろどろ。粘着質《ねんちゃくしつ》で底知れないどす黒さは、あのとき私の心に満ちたものを連想させた。

――もしかして、神様を覆《おお》うこれは……。

「……すみません。エレノアさんは私の穢れに触れてしまったようです。普段《ふだん》なら、こんなことはないはずなのですが」

「御身《おんみ》の穢れではありません」

神様の言葉に、アドラシオン様は無感情そうな顔をしかめ、咎《とが》めるように首を横に振《ふ》る。

「穢れは人間の生み出すもの。御身はそれを引き受けてくださっているにすぎません」

――……引き受ける？　あの、暗い感情を？

「……神様」

「はい？」

遠慮《えんりょ》がちに呼びかける私に、神様はいつもの調子で返事をした。

穏《おだ》やかで、少しぽやっとした、柔《やわ》らかな声だ。

「……私、さっき穢れに触れて……その」

指先にほんの少し触れただけなのに、心を塗りつぶすほど強い怨嗟《えんさ》の声を聞いた。

重たく暗い、底のない感情を思い出し、私は知らず身震《みぶる》いをする。

「怖《こわ》かったでしょう。無事でよかった」

そんな私をいたわるように、神様は優しい言葉をかけてくれる。

「あなたはとても心の強い方です。普通なら、呑み込まれていてもおかしくありませんでした」

「あ、いえ、それは助けていただいたからで……ありがとうございます」

暗い感情から、誰かが私を引き上げてくれた。アドラシオン様の言葉からすると、あれはたぶん神様がしてくれたことなのだろう。

「いいえ。私の方こそ謝らなければいけません。穢れは本来、私の中だけに押し止《とど》めていたはずでしたのに……なぜか漏《も》れてしまって」

——押し止める……。

その言葉に、私は神様の姿を見る。

彼の体全体を覆う黒い泥は、私が触れた指先の比ではない。

「神様は……もしかして、ずっとあんな感情を引き受けているんですか……？」

おそるおそる尋《たず》ねれば、彼は苦笑《くしょう》するように静かに揺れる。

それから、小さく息を吐き——。

「……慣れていますから」

恩に着せるでもなく、自負するでもなく、ただ寂《さび》しそうにそう言った。

今日はもう休んだ方がいい——ということで、その後は早々に神様の部屋を出ることになった。

薄暗い神様の部屋を出て、扉《とびら》を閉めたあと。

私は外の空気を大きく吸い——そのまま、ため息として吐き出した。

頭には、未《いま》だに悪意の感情がこびりついている。耳に残る、冷たく粘《ねば》つく怨嗟の声を払《はら》うように、私は重たい頭を振った。

神様はあれを、ずっと身にまとい続けているのだ。

——なにが『無能神』よ。

「……ぜんぜん、無能じゃないじゃない」

「当たり前だ」

「ほあっ!?」

予期せず割り込んできた声に、私は奇声《きせい》を上げてしまった。

誰《だれ》かと思うまでもなく、感情の薄《うす》い声には聞き覚えがある。

おそるおそる振り返れば、予想通り。本日二度目のアドラシオン様が、冷たい瞳《ひとみ》で立っていた。

——ま、まったく気配がなかったわ……！

さすが神。心臓に悪い。驚きのあまり心臓がバクバク言っている。

そんな心臓に、アドラシオン様の射貫《いぬ》くような視線が追い討《う》ちをかける。

「無能神などと、よくも言えたものだ。この国にはびこる穢れを一身に受けてくださっているとも知らず。人間どもめ、恐れ知らずにもほどがある」

「ご、ごもっともで——うん？　恐れ知らず？」

アドラシオン様の言葉に頷《うなず》きかけ、私は頷ききれずに眉《まゆ》を寄せた。

穢れを引き受けてくれる神様を、無能神呼ばわりなど畏《おそ》れ多い——とは思うけれど、恐れ知らずは少し意味が違って聞こえる。

どういう意味だろうかと首をひねる私に、しかしアドラシオン様は答えない。言いたいことだけ言うと、彼は無言で片手を持ち上げる。

その手のひらに魔力が集まっていくのを見て、私はぎょっと目を見開いた。

——まさか、天罰《てんばつ》!?　私に!?

心当たりは——ある。しかもいっぱいある。

神様のことを無能神と呼んだし、聖女になるのも嫌《いや》がった。それ以前に、代理聖女なんてそれだけで天罰ものだ。

それとも、アドラシオン様を前に礼を尽《つ》くせていなかったことが悪いのだろうか。

昨日は挨拶《あいさつ》する前にアドラシオン様がいなくなって、今日は寝起《ねお》きの対面。思えば、ろくな挨拶を交《か》わせていない。

──アドラシオン様にこんな態度……許されるはずがないわ……！

どんどん大きくなる魔力に、私の目もどんどん遠くなる。

これは終わった……と身を硬《かた》くした、次の瞬間《しゅんかん》。

彼の手の中には、丸い果実のようなものが握《にぎ》られていた。

「くれてやる。食べ物に難儀《なんぎ》しているのだろう」

「……ど、どうかご慈悲《じひ》を──えっ」

──……えっ？

予想外の言葉に、一瞬理解が追い付かない。

どういうことかと瞬《まばた》く私へ、アドラシオン様は容赦《ようしゃ》なく手の中のものを放《ほう》り投げた。

慌《あわ》てて受け止めたそれは、みずみずしくて少しやわらかい、見たことのない果実だ。

「そのまま食べられる。本来、神は己《おのれ》の聖女以外に直接手出しができないが──俺は例外だ」

「あ……ありがとうございます……？」

手の中の重みに呆然《ぼうぜん》としながらも、私はどうにか礼を口にした。

疑問形になってしまったのは仕方ない。むしろ天罰ではないことが不思議だった。

思わず見上げるアドラシオン様は、果実を投げたあとも変わりない。震《ふる》えるほどの威圧《いあつ》視線は鋭《するど》く、まるで感情が見えない。

だけど手元には果実がある。食事に困っているなんて、話した覚えはないのに。

——……意外に、親切？

困惑《こんわく》する私に、アドラシオン様は眉一つ動かさない。

「礼は要《い》らん。あのお方が、久しぶりにものを口にしてくださった。礼を言うなら、こちらの方だろう」

「い、いいえ、私はなにも……」

「あのお方は、神からはなにも受け取らない。お前のおかげだ」

私の謙遜《けんそん》を拒《こば》み、アドラシオン様が断言する。

迷いない彼の言葉は、それこそ畏れ多すぎた。

——だ、だって別に、本当に大したことしていないのに……！

アドラシオン様から感謝されるなんて、光栄を通り越《こ》して怖くなる。この先、よほどのしっぺ返しがあるのではないだろうか。

そんなことを考えながら、アドラシオン様をちらりと窺《うかが》い見たとき——ちょうど、彼の冷たい視線と目が合った。

「な、なんでしょう……？」

「いや」

アドラシオン様はそう言いつつも、ぎくりとする私を容赦なく見据《みす》える。

顔から体、足元まで値踏《ねぶ》みでもするように眺《なが》めてから、最後に彼はため息を吐《つ》いた。

失礼な。

「……魔力《まりょく》が薄弱《はくじゃく》だ。よく穢《けが》れに呑《の》まれずにすんだものだ」

「はい……？」

首を傾《かし》げる私に、アドラシオン様は相変わらず答えない。

私から目を逸《そ》らすと、ただ惜《お》しむように首を振《ふ》った。

「お前にもう少し魔力があればな。あのお方の穢れを清め、元のお姿を取り戻《もど》せたかもしれぬだろうに」

そして、そう言った次の瞬間には、最初からそこにいなかったかのように姿を消していた。


穢れ事件から数日。今日も今日とて神様の大掃除《おおそうじ》を敢行《かんこう》し、へとへとになって戻ってきた宿舎のベッドの上で、私はじっと自分の手を見つめていた。

――穢れ。……穢れ、かあ。

すっかり日は暮れ、室内は薄暗い。そろそろ燭台《しょくだい》に火を入れないと、と思うのに、私はベッドに寝そべったままため息を吐く。

あれ以降、考えるのは同じことばかりだ。

——穢れを清め、元のお姿を取り戻す……っておっしゃっていたけど。

別れ際《ぎわ》のアドラシオン様の言葉が頭から離《はな》れない。

穢れに呑まれかけたとき、握りしめられた手の感覚も。

——神様の今の姿には、なにか事情があるのかしら。

もしかして本当は、忌《い》み嫌《きら》われる泥《どろ》のような姿ではなく、もっと他《ほか》の神々のように敬われる姿なのだろうか。

だとしたら、穢れを清めることさえできれば、神様は元に戻れるのだろうか。

——そうでなくとも、あんな穢れを背負い続けるなんて。

ずっと他人の恨《うら》みつらみを聞かされるようなものではないか。

いや、あのとき私が感じたのは、『愚痴《ぐち》を聞く』なんて生ぬるいものではない。心の中を直接刺《さ》すような、痛みにも似た憎《にく》しみを頭に叩《たた》きつけられたようなものだ。

あれを神様は、もう何年、何十年耐《た》え続けているのだろうか。

「……私はただの代理でしょう。すぐに辞《や》めるつもりなのよ？」

渦巻《うずま》く思考を払《はら》うように、私は声に出してそう言った。

父からも婚約者《こんやくしゃ》からも手紙の返事は未《いま》だない。だけど結婚が決まっている以上、彼らは私を辞めさせるために駆《か》け回ってくれているはずだ。

きっと、近く私は神殿《しんでん》を出ることになるだろう。そもそもが、アマルダに押し付けられただけの身分。不本意な代理聖女だから当然である。

結婚を諦《あきら》め、神様に尽くそうという心意気も、今の私にはない。だいたい私は結婚に乗り気で、実を言えばかなり楽しみにしているのだ。

結婚式のために、婚約者にも呆《あき》れられるほど準備を重ねてきた。お金も時間も相当にかけたのに、『やっぱりやめた』なんて、私自身が許さない。

でも、とつぶやき、私はベッドの枕《まくら》を抱《だ》きしめる。

そうだとしても――このまま神殿を出るのは後味が悪かった。

「せめて、私が神殿にいる間だけでも、なんとか力になれないかしら……」

だって、あれではあまりにも神様が報《むく》われない。

国中の穢れを受け止め、姿まで変わってしまった神様に、誰《だれ》も感謝をしないのだ。それどころか姿を理由に馬鹿《ばか》にして、『無能神』と蔑《さげす》んで薄汚《うすよご》れた部屋に押し込む始末。

だというのに、神様は恨みもせず、怒《いか》りもせず、愚痴の一つもこぼさない。私が穢れに触《ふ》れてしまったときは、逆に申し訳なさそうにさえしたくらいだ。

「神様も大人しすぎるわ。もっといろいろ言っちゃえばいいのに」

自分のおかげでこの国は穢れから守られているんだ――くらい言っても罰《ばち》は当たらないだろう。そもそも罰を与《あた》えるのは神々なので、神様に罰が当たるはずがないのは置いておく。

――私だったら黙《だま》ってないのに！

と思って、神官を捕《つか》まえて神様の環境《かんきょう》改善を訴《うった》えたけど、もちろん聞く耳を持ってはもらえなかった。『なにを馬鹿な。神に愛されたこの国に穢れなど存在しない』と一蹴《いっしゅう》されたことを思い出し、腹立たしさに思わず抱きしめた枕を叩く。

――神官なんてあてにならないわ！

そのまま、無作法に足をバタバタと揺《ゆ》らす私は――このとき、完全に油断していた。

だって自分の部屋の中だ。鍵《かぎ》もかけてあるのだ。しかもベッドの上でもある。

「どうして私が、こんなに悩《なや》まなきゃなんないのよ！　優《やさ》しすぎるのも考えものだわ！　気になっちゃうじゃない!!」

「――優しい？　誰《だれ》のこと？」

まさか、返事があるなんて、いったい誰が思うというのか。

「ふうん。これがあの方の聖女候補。……なんだ、意外にパッとしないな」

ベッドに寝転《ねころ》ぶ私の横。間近で聞こえるのは、信じられないくらいに生意気な声。

驚《おどろ》く私のすぐ隣《となり》で、白金の髪《かみ》を持つ美貌《びぼう》の少年が、いかにも愉快《ゆかい》そうにニヤリと笑った。

「………」

対する私は、凍り付いたまま動かない。

鍵のかかった部屋に入って来る相手は、当然ながらただの人間ではない。目の前の少年もまた、神である。

そのうえ、輝《かがや》く白金の髪に、切れ長の鋭い目。鋭利《えいり》な美貌の少年神とくれば――私には、思い当たる神がいた。

数多《あまた》の神々の住まう神殿でも、名の知れた上位の神。

序列で言えば、アドラシオン様の一つ下。序列三位の地位を持つ、偉大《いだい》なる光の神ルフレ様である。

が。

それはそれ。

「乙女《おとめ》のベッドに、なに勝手に入ってんのよ――!?」

なにはともあれ、突然《とつぜん》現れた神に悲鳴を上げると、私は迷うことなく彼をベッドから蹴《け》り出した。

序列の高い神様だろうがなんだろうが、許されざる行為《こうい》というのは存在するのである。

「乙女は人を蹴り出さねーよ!?」

そう叫《さけ》んだのは、蹴り出されて床《ゆか》に転がるルフレ様である。

蹴りどころが悪かったのか、顔をしかめて腹のあたりを押さえているけれど、同情する気はまったくない。どう考えても、あられもない格好で寝そべり、化粧《けしょう》も落としてすっかり緩《ゆる》み切っていた乙女の部屋に入った方が悪い。

「こんないたいけな少年に、いきなりなにすんだよ！　いってぇ！」

「それはこっちのセリフです！　っていうか少年なのは見た目だけだし、その見た目も私とそう変わりませんよね⁉」

ルフレ様は神様なので、当然何百年単位で生きている。

見た目の年齢《ねんれい》としても、十五、六歳ほどだろう。私がそろそろ十八になるので、外見上ですら二つくらいしか違《ちが》わないはずだ。

「別にいいだろ！　心配しなくても手出しはしねーよ！　趣味《しゅみ》じゃねーし！」

――ぐっ！　生意気！

見た目通りの悪童めいた口ぶり。思わず口と手が出そうになるけれど、私はどうにか怒りを呑《の》む。

いくら腹が立とうとも、さすがに手を出すわけにはいかない。すでに足を出していることは横に置き、とにかく手を出すわけにはいかない。

たとえ生意気なお子様であろうとも、相手は一応神様なのだ。

とてもそうは見えないけれど、この国を守ってくださる神様なのだ……！

「いらない心配してんじゃねーよ、ブス！」

よし！　簀巻《すま》きにして窓から放《ほう》り出そう！

神様なら死なない！

「げっ、なんか怖《こわ》いこと考えたな!?　これが聖女候補とか、あの方の趣味わかんねー！」

私の顔からなにを読み取ったのか、ルフレ様は逃《に》げるように私から距離《きょり》を取る。

そのくせ、彼は部屋から出て行くつもりがないようだ。我が物顔でベッドの端《はし》に腰《こし》を掛《か》け、ふうん、と生意気そうに腕《うで》を組む。

「趣味でも手を出さないから安心しろよ。あの方が目をかける相手に手を出すとか、あとが怖いもん」

手を出されてはたまらないけど、ここまできっぱり断言されるのもなんだか腹が立つのが乙女心。さりげなく乱れた服を整えつつ、私はぐぬぬとルフレ様を睨《にら》みつけた。

「あの方あの方って、さっきからどなたの話をしているんですか」

「あの方って言ったら、決まってんだろ。お前が毎日会いに行ってる相手」

私が毎日会いに行くとなると、思い当たる節は一つしかない。

神々の序列最下位。どろどろのねちょねちょのお方である。

「むの――クレイル様のことです？」

「人間はそう呼ぶな」

――

ルフレ様の言い方が、少し引っかかる。人間以外は他《ほか》の名前で呼ぶのだろうか？

――そういえば、アドラシオン様も神様を名前で呼んではいなかったわね。

改めて思い返すと、『あのお方』とか、『御前《ごぜん》』とか、敬意はありつつも名前で呼ぶのを避《さ》けていたような気がする。

どうしてだろう、と思う私の内心を察したように、ルフレ様は口を曲げた。

「それは、人間が勝手に付けた名前だ。あの方は穢《けが》れを引き受けすぎたせいで、記憶《きおく》も本当の名前も失ってしまったからな」

「記憶を……？」

「人間は馬鹿だよな。あの方の本当の名前を知ろうともせず、適当な名前を付けて貶《おとし》めるんだから。そのせいで――」

「ま、待って待って、待ってください！」

独り言のように話し続けるルフレ様に、私は慌《あわ》てて制止をかける。

「神様の、本当の名前？　別の名前の神様なんですか？　で、でも建国神話では――」

建国の神話では、現在この国におわす神々の名前がすべて記載《きさい》されている。

最初に国を建てると決めたアドラシオン様。

その手助けをした、兄神のグランヴェリテ様。

そして、お二方に協力した、土地に根付いた無数の神々。

『クレイル』という名前は、この神話に出てきていた土地神――というほどでもない、沼《ぬま》の精霊《せいれい》のような存在だ。泥沼《どろぬま》に住んでいて、特に建国にも関《かか》わらないため、世間では余計に『なんのための神だ？』と軽視されてしまっていた節がある。

――でも、それが本当の名前じゃない？　それなら、あの神様は……。

「……神話に出て来ない神様？」

「もしくは、神の中の誰かが偽者《にせもの》で、あの方の名前を騙《かた》っているとかな」

「偽……!?」

あまりに畏《おそ》れ多い言葉に、私は思わず声を上げかけた。

しかし、その声を口にすることはできない。私がなにか言うよりも早く、ルフレ様が手で口をふさいだからだ。

「声を出すな！」

「もが!?　もがもがもが!!」

「なにこいつ、口ふさいでんのにすっげえうるせえ！」

いきなり口ふさがれて、素直《すなお》に大人しくできる方が難しい。いったいなにごとか!?　ともがもが抗議《こうぎ》する私に、ルフレ様は「シッ！」と鋭《するど》い制止をかけた。

「いいから黙《だま》ってろ！　あいつが来る……！」

――あいつ……？

先ほどまでの生意気な笑《え》みを消し、ルフレ様は扉《とびら》を睨みつける。

思いがけないほど真剣《しんけん》な様子に、いったいどんな恐《おそ》ろしいものが来るのかと身を硬《かた》くしたとき――。

「神様ぁ！　ルフレ様ぁ！　どこにいらっしゃるんですの！」

鼻にかかるような、甘い少女の声が響《ひび》き渡《わた》った。

しかも、聞き覚えがある。たしかこの声、数日前に宿舎で私に水をかけてきた少女のものだ。

嫌《いや》な記憶に顔をしかめる私をよそに、声は扉の向こうから響き続ける。

「私ですわ！　あなたの聖女のロザリーです！　何度お部屋を訪ねても会ってくださらなかったけれど……ようやく私に会いに来てくださったのですね！」

同時に聞こえるのは、廊下《ろうか》を歩く足音だ。おそらく、ルフレ様の神気を追いかけているのだろう。だんだん足音が大きくなってきている。

「クソ！　どこにいても追いかけてくるな、あの女！」

「もがががが……？」

さっぱり事情のわからない私は、疑惑《ぎわく》をこめてルフレ様を窺《うかが》い見る。

ルフレ様の表情は険しい。怜悧《れいり》な美貌《びぼう》は歪《ゆが》められ、眉間《みけん》には深い皺。目に浮《う》かぶうんざりとした嫌悪《けんお》の色は、とても妻たる聖女に向けるものとは思えなかった。

「ルフレ様、近くにいらっしゃるのはわかっていますわ！　ここの部屋？　それともこっち？　もう！　いたずらが大好きなんですから！」

部屋の外では、聖女の声に合わせて、次々に扉を開く音がする。

どうやらルフレ様を捜《さが》し、宿舎の部屋の中を覗《のぞ》いているらしい。順々に近づいてくる音は、こうしてみるとかなりの恐怖《きょうふ》だ。

「もが……る、ルフレ様……！　呼ばれていらっしゃいますよ！」

どうにか口を押さえる手を引き剝《は》がすと、私はルフレ様に呼びかけた。

相手はルフレ様の聖女である。それもあんなに必死に捜しているのだから、伴侶《はんりょ》として顔くらい見せてあげた方がいいのではないだろうか。

というのは建前で、本心としては早く出て行ってほしい。声と扉の音はますます近づいてきていて、このままでは私の部屋まで入ってきかねない。

そう思うのに、ルフレ様は短く私の言葉を切り捨てる。

「黙ってろ！」

「ですが……！」

「黙ってろって言ってるんだ！」

「で、ですが――」

「――ルフレ様ぁ！　ここですか!?　私の目は誤魔化《ごまか》せませんよぉ！」

今まさに、部屋の扉を叩《たた》かれているんですけど！

人の部屋だというのに、容赦《ようしゃ》なく取っ手をガチャガチャされているんですけど！

「いるんでしょう？　いるんですよね!?　ええ、間違《まちが》いありませんわ！　鍵《かぎ》をかけても無駄《むだ》ですわ！」

――こわっ！

外の聖女は、扉を叩き壊《こわ》さんばかりにドンドンと叩いている。

このまま黙っていても、諦《あきら》めてくれるとは思えなかった。

「い、一度出て話をされた方がいいんじゃないですか？　ルフレ様をお呼びですし……」

「絶対にいやだ！　出るんだったらお前ひとりで出ろよ！　でも、俺がここにいることは話すなよ！」

「私、損な役回りすぎません!?」

どう考えても、私一人が貧乏《びんぼう》くじ。そもそも私、なんの関係もないのに！

そうは思うけど、扉を叩く聖女を放《ほう》っておくこともできないのは事実である。このまま部屋に乗り込まれたらどうなるかは、火を見るよりも明らかだった。

仮にも若い娘《むすめ》の部屋に、聖女持ちの神と二人きり。いくら相手が無礼すぎる生意気神とはいえ、傍《はた》から見れば浮気《うわき》現場と疑われても仕方がない状況《じょうきょう》だ。

そのくせ、ルフレ様は私一人に対応を任せ、シーツを被《かぶ》ってベッドで丸くなっている。隠《かく》れたつもりだろうが、まったく隠れられていない。

——くっ！　あとで覚えてなさいよ！

言いたいことは山ほどあるけど、とにもかくにも、まずはガチャガチャ回され続ける取っ手である。

私はベッドの上にルフレ様を残して扉に近づくと、おそるおそる鍵を開けた。

「ルフレ様！」

瞬間《しゅんかん》、跳《は》ねるように扉が開かれる。

飛び込んできたのは満面の笑みだ。さらりと流れる明るい茶髪《ちゃぱつ》に、ぱっちりとした空色の瞳《ひとみ》。華《はな》やかで可愛《かわい》らしい顔立ちだけど、どこか棘《とげ》がある気がするのは、きつい性格が滲《にじ》んでいるからだろうか。

彼女の顔は知っていた。想像通り、宿舎で暮らす数少ない聖女の一人。取り巻きをいつも従え、嫌がらせを繰《く》り返す、いじめの主犯の少女だ。

「は？」

おまけに、開口一番これである。

「なにここ、泥臭《どろくさ》い部屋じゃない」

私の顔を見た途端《とたん》、少女は顔から一切《いっさい》の笑みを消していった。

いきなりのご挨拶《あいさつ》に、私もむっと顔をしかめる。

「悪かったわね。ルフレ様ならいらっしゃらないわよ。他《ほか》を当たって」

「そうね。こんな薄汚《うすよご》れた部屋にいらっしゃるわけがなかったわ。美しいルフレ様の光が陰《かげ》ってしまうもの」

ふん、と鼻で笑うと、少女は一度だけ私の部屋を見回した。

さほど広くない室内を、少女の視線がじろりと舐《な》める。窓、壁《かべ》、机に、あからさまに怪《あや》しいベッドシーツのふくらみも素通《すどお》りし、彼女は小馬鹿《こばか》にしたように肩《かた》を竦《すく》めた。

「ルフレ様は無能神とは格が違うもの。あんな汚物《おぶつ》の神気をまとった聖女になんか、近づきたいと思うはずもなかったわ。私ったら、うっかりね」

言いたいことはいろいろあるけど、ぐっと呑《の》み込む私をよそに、少女はコツンと自分の額を小突《こづ》く。てへ、とでも言いだしそうな顔である。

「もう、変なののせいで余計な寄り道しちゃったわ。早くルフレ様を見つけなくっちゃ」

作ったような甘い声で言うと、彼女は私に背を向けた。

そのまま部屋を出ようと足を踏《ふ》み出す彼女に、私はほっと息を吐《は》く。どうにかバレなかったらしい——と、安堵《あんど》した瞬間。

「——そうそう、わかっていると思うけど」

彼女がぐるりと振《ふ》り返る。危《あや》うく口から悲鳴が出かけた。

「私がこの宿舎にいること、誰《だれ》にも言うんじゃないわよ。言ったらどうなるか、わかっているでしょうね」

凍《こお》り付く私に向けられたのは、先ほどの甘い声とは打って変わった低い声だ。底冷えのする冷たい声でそれだけ言うと、彼女は私の返事も聞かず、今度こそ部屋を出た。

廊下には、再び「ルフレ様ぁ」という声が響きだす。遠くなっていく足音に、全身から力が抜《ぬ》けていった。

――……あれじゃあ、ルフレ様も逃《に》げたがるわ。

扉をしめ、鍵をかけると、私は深く長い息を吐く。

だけど、そんなあの子も聖女である。つまりはルフレ様が選んだわけで――。

――……言ってはいけないわ。

いや、なにも言うまい。言うまいと思いつつ。

「――ルフレ様の趣味《しゅみ》、わっる！」

私の口は正直だった。正直すぎて思いのほか大きな声が出た。

「たしかに見た目はちょっと、……だいぶ、かなり可愛いけど！　それにしたって、あの子を聖女に選ぶなんて物好きすぎるわよ！」

「選んでねーよ」

うっかり吐き出してしまった愚痴《ぐち》に、思いがけず不機嫌《ふきげん》な声が返ってくる。

驚《おどろ》いて振り返れば、いつの間にかルフレ様が、私のすぐ後ろに立っていた。

「俺は聖女を選んでないんだよなあ。あいつが勝手にそう名乗っているだけで」

「聖女を選んでいない……？」

言っている意味がよくわからず、私は眉間に皺《しわ》を寄せる。

「どういう意味です？　あの子、神託《しんたく》で選ばれているはずですよね？」

神託とは、神殿《しんでん》の神官たちに下される神の宣告だ。

アドラシオン様も言っていたけれど、本来、神は自分の聖女以外の人間に直接手を貸してはいけない。これは、この国における神々と人間との、一種の線引きだった。

だけど、それでは聖女を持たない神々が不自由する。

聖女は神にとっても特別な存在。誰でもいいというわけではないので、聖女がいない神も少なからず存在していた。

そんな神々の声を届けるのが神託だ。

聖女を介《かい》さずに伝える言葉は、それだけ必要に迫《せま》られている場合が多い。

ゆえに神託は、聖女の言葉以上に重要視され、人々の信頼《しんらい》も強いものだった。

――はずなのに。

「お前みたいなやつばっかりじゃ、神殿もやりやすいだろうな」

目の前の少年神は、そう言って外見に似つかわしくない皮肉な笑《え》みを浮《う》かべる。

「神託の中身を、誰が確かめた？　嘘《うそ》を吐《つ》いたところで、誰が見抜《みぬ》くことができる？」

「まさか……嘘でしょう……？」

「嘘なもんか。この神殿に本物の聖女なんてほとんどいねーよ。ま、それなりに上手《うま》くやっている連中もいるけど」

頭の後ろで手を組み、ルフレ様は閉じた扉《とびら》を一瞥《いちべつ》する。

遠くでは、まだ彼を捜《さが》す少女の声が響《ひび》いていた。

「ちゃんと自分で選んだ、本当の意味での聖女がいるのなんて、アドラシオン様くらいじゃないか？　あとはみんな、どこの誰とも知れない奴《やつ》ばっかだよ」

吐き捨てるような言葉は、嘘を吐いているようには聞こえない。そもそもはじめから、彼のあの少女に向ける態度は、聖女に向けるものとは思えなかった。

「で、ですが……それなら、どうしてそのままにしているんですか？　普通《ふつう》なら、偽《いつわ》りの聖女は罰《ばつ》を与《あた》えられたりするんじゃ……」

「罰ねえ。……いつも思うけど、人間って傲慢《ごうまん》だよな」

「……はい？　傲慢？」

思いがけない単語に私は瞬《まばた》いた。意味を掴《つか》めない私を見て、ルフレ様が鋭《するど》い目を細める。

その瞳の色に、ぞくりとした。

どこまでも深い琥珀《こはく》の瞳は、こちらを見ているのに『私』を見ていない。

個人ではなく、『人間』を見据《みす》える、冷たく偉大《いだい》な『神』の目だ。

「どうして俺が、人間のためにそんなことをしてやらないといけないんだ」

「人間の……ため……？」

「『罰』は人を正すための行為《こうい》だ。昔ならともかく、今の連中のためになにかしてやる気はない。──もう興味がないんだよ、単純に」

──興味。

頭の中で、私はルフレ様の言葉を繰り返す。

この国は、神々に特別に愛された国だと聞いていた。

世界には多くの国があるけれど、これほどの神が集まる国は他にない。

神々に守護された国は豊かで、魔物《まもの》は少なく大きな災害もない。

人々は神を敬い、神々は人を愛し守る。

この事実は、建国時から未来永劫《みらいえいごう》、変わらないのだ、と。

「なにもしなくても、いつまでも構ってもらえると思うなんて、どこから出てくるんだよその自信。俺はもう聖女も選んでないし、加護も分けていない。神殿に暮らしてもいねーよ。……ま、こうしてたまに様子を見には来るけど」

だけど今、神殿に神がいないという。

それも、序列三位の光の神。国を照らす象徴《しょうちょう》のようなお方が、離《はな》れているのだ。

「人間がどうなろうが、俺の知ったこっちゃない。俺はアドラシオン様ほど人間に優《やさ》しくもないし、あのお方ほど人間に厳しくもないんだ」

――優しくも、厳しくもない。

突《つ》き放すようなその響きに、私はなにも言えずに目を伏《ふ》せた。

神殿の現状を聞いてしまった今、ルフレ様の考えも分かる気がしてしまう。

――見放されているんだわ。

今の神殿に、ルフレ様は守る価値を見出《みいだ》していないのだ。

いつまでも人間たちを見守り、憂《うれ》う神ばかりではない。すべての神々が、アドラシオン様ほど優しくも、あのお方……神様ほど、厳しくも――。

……うん？

「ま、そういうこと。今日も単に、あのお方の――」

「ま、待って、待ってください！」

話を切り上げようと伸《の》びをするルフレ様を、私は反射的に呼び止める。

ルフレ様が嫌《いや》そうな顔をしたけれど、一度気になると言わずにはいられなかった。

アドラシオン様が優しくない、と言うつもりはないけれど！

「それ、逆じゃないですか!?」

アドラシオン様よりも、神様が厳しいとはとても思えない。

なにか誤解しているのでは、と口を挟《はさ》んでしまった私を、ルフレ様は咎《とが》めなかった。代わりに、先ほどまでの冷たい威圧感《いあっかん》を消し――。

「気にするの、そこかよ！」

ブハッ！　と愉快《ゆかい》そうに噴《ふ》き出した。

「い、いえ、だって厳しいイメージが全然ないから！　神様、あんなにお優しいのに！」

「優しい、優しい、ねえ」

ルフレ様は笑いをこらえるように言うと、再び私のベッドの上に戻《もど》って行った。そのまま、まったく遠慮《えんりょ》することなく胡坐《あぐら》をかき、手遊びのように枕《まくら》を弄《もてあそ》びながら、ニヤニヤと私の顔を見る。

「人間ってほんと、見えるものしか見ねーの」

笑いを含《ふく》む声だけど、その響きはどこか冷徹《れいてつ》だ。

「あの方は慈悲《じひ》深くはあるけど、優しさとは無縁《むえん》だよ。……ああ、でも、今は記憶《きおく》を失《な》くしてるんだっけ？」

「慈悲深さと優しさ……って、同じじゃないんですか？」

ルフレ様はベッドから動く気配がない。

仕方なく近くの椅子《いす》を引いて座りつつ、私はルフレ様に眉《まゆ》をひそめてみせる。

「優しいから慈悲深いんじゃないんです？　なにが違《ちが》うんですか？」

「お前って、ほんと単純なやつだな」

はぁあああ!?　――と口に出さなかった私は偉《えら》い。

どうにか怒《いか》りを噛《か》み殺す私をよそに、ルフレ様は我が物顔で、ころんとベッドに横になる。

「ま、そのへんは元のお姿を見ればいい。俺の口からは伝えられないし、気になるならあのお方の穢《けが》れを清めることだな。聖女ならできるだろ」

「穢れを清めるって、それができるなら苦労はしないわけで――」

――うん？　待って、今なんて言った？

「聖女なら清めることができるんですか!?」

思わずがばりと立ち上がり、私はルフレ様に詰《つ》め寄った。

ここ数日、悩《なや》みに悩んだ神様の穢れ。

アドラシオン様の口ぶりから、なにかしら対処方法があるだろうとは予想していたけれど、どれほど調べても見つからなかった。

神々に守られたこの国には、『穢れは存在しない』というのが神殿《しんでん》の言い分。神殿の図書館にも穢れの記載《きさい》はなく、手詰《てづ》まりかと思っていたところなのだ。

「どうやるんですか!!」

私はガッと身を乗り出し、ルフレ様に詰め寄った。

思いがけない勢いに、彼は一瞬《いっしゅん》だけ驚《おどろ》いたように身を引く。

が。すぐにその顔が、ニヤリと意地の悪い表情に変わった。

「方法なんて簡単だ。『本当』の聖女になればいい」

「本当の……？」

「そう」

短く言うと、ルフレ様はおもむろに私に向けて手を伸ばす。

なに、と思う間もない。驚く私をぐいと引っ張り、ルフレ様は私をベッドに転がした。

——えっ。

隣《となり》には、同じくベッドに横になっていたルフレ様。宿舎の狭《せま》いベッドの上、互《たが》いの体が、呼吸が止まるほどに近い。

目の前にはルフレ様の顔がある。はちみつのような目が、凍《こお》り付く私を映してかすかに細められる。

「わからないか？　聖女は、神の伴侶《はんりょ》なんだぞ」

からかいを含んだ声は、耳をくすぐるかのようだ。ルフレ様は少しだけ体を起こすと、私に向けて身を乗り出し——覆《おお》いかぶさるような姿勢で、ぞくりとするほど色気のある笑《え》みを浮《う》かべた。

「寝《ね》るんだよ。——互いの肌《はだ》を合わせるんだ」

寝る。

寝る……？

「寝る――――!?」

頭の中で単語の意味がつながった瞬間、私はルフレ様の手を振《ふ》り払《はら》った。

「どどどどどういうことですか!!」

思わず体がのけぞる。令嬢《れいじょう》として出してはいけない悲鳴を上げると、私はカサカサと虫みたいな動きでベッドの端《はし》に移動した。

――近すぎる！　近すぎる!!　なに今の色気!?

頭の中がぐるぐるする。頰《ほお》が勝手に熱を持つ。

話の内容も相まって、さっきまでしていなかった意識をさせられた。

――こ、こっちは未婚《みこん》なのよ！　婚約者がいるのよ!?　年下の空気に吞《の》まれてどうするの!!

実際には年下ではなく、数百、数千と生きてきた神である。

そんなわかりきった事実さえ、今の頭では考えられなかった。

「ね、寝るって、寝るって……!!」

つまりは共寝。つまりは同衾《どうきん》。つまりは夫婦《ふうふ》の営みである。

――た、たしかに聖女は神様の伴侶だけど!!

「む、無理無理！　無理です！　だって私、婚約者がいるんですよ⁉」

壁《かべ》に張り付いたまま、私はぶんぶんと首を横に振った。

神様の、あの穢れに覆われた体で、いったいどうやって夫婦の営みを……？　という疑問もあるけれど、今は横に置いておく。

もっともっと根本的な部分で、私は神様の力にはなれそうにないのだ。

「結婚の話も決まっているんです！　三か月後、私の十八歳の誕生日！　ドレスの採寸だって、もう済んでいるんですよ⁉」

「はあ？　結婚？」

ルフレ様は壁際《かべぎわ》の私を見やり、はん、と馬鹿《ばか》にしたような息を吐《は》く。

同時に、先ほどまでの奇妙《きみょう》な色気も消えた。顔に浮かぶのは、悪ガキめいた生意気な表情だ。

「やめとけやめとけ！　その性格で結婚とかうまくいくわけねーよ！　絶対に男に浮気《うわき》されるね！」

「はー⁉　なに言ってんのよ！　そんなわけないでしょう‼」

あっ敬語忘れた。でももういいや！

「絶対、羨《うらや》ましがられるような理想の夫婦になるんだから！　最高の結婚式をして、最高の結婚生活を送るのよ！　そのためにいろいろ準備してきたんだもの‼」

ぐっとこぶしを握《にぎ》ると、私は無意識に天井《てんじょう》を仰《あお》ぐ。

最高の結婚式のために、私はずっとずっと時間をかけて準備をしてきたのだ。

「王都で一番の針子にドレスを頼《たの》んで、指輪のための宝石もちょっと無理して買い付けて、加工だって有名な職人に依頼《いらい》したのよ！」

ドレスは今月末に仮縫《かりぬ》いができるという話。一度試着をしてみてから、細かい部分の調整をする予定になっていて、仮でも袖《そで》を通せるのが待ち遠しくて仕方がない。

指輪はデザインまでお任せで、出来上がる日のお楽しみだ。

ヴェールは姉が結婚した時のものを譲《ゆず》り受け、靴《くつ》はこれから新調する。

「だって結婚式だもの。一生に一度の大切な日で、この先の結婚生活の始まりだもの！できるかぎりのことはしたいじゃない！」

式に呼ぶのは、家族と親しい友人だけ。日取りも決まり、招待状だって出している。

三か月後の季節は初夏。みずみずしい花々の咲《さ》く、晴天の多いころ。

真っ白なドレスを着る自分を想像すれば、それだけで期待に胸が高鳴ってしまう。

だってその日だけは、私が主人公だ。世界で一番可愛《かわい》い存在になれる瞬間なのだ。

いずれ来るその未来を想像すれば――。

「ぷっ！　お前、結婚に憧《あこが》れてんのかよ！　その性格で!!」

こんな失礼神の言葉など、なんということもないのである。

「似合わねー！　本気かよ!!」

なんということも、ないので――。

「めちゃめちゃウケる！　あっははは!!」

「出ていけ――――!!」

なくなかった。

爆笑《ばくしょう》する生意気神を、私は今度の今度こそ、部屋の外に蹴《け》りだした。

恐怖《きょうふ》の聖女が外を徘徊《はいかい》していることなんて、私の知ったことではない。

エレノア・クラディール嬢へ
面倒《めんどう》な挨拶《あいさつ》は抜《ぬ》きだ、ノア。

今回手紙を出した理由は、君にもすでに理解できているだろう。

三か月後に迫《せま》った僕たちの結婚と、君が無能神の聖女になった件について、改めて話をする必要がある。

君は、『幼なじみのアマルダ嬢によって、無能神の聖女の代役を無理矢理《むりやり》やらされている』と僕に手紙を書いて送ったな？　だから、僕からも神殿に、『聖女を辞《や》められるよう働きかけて欲しい』と。

……他《ほか》ならぬ婚約者からの手紙だ。

僕も素直《すなお》に信用した。気の毒に思ったし、神殿に話を付けるつもりでいた。

それに、三か月後には僕たちの結婚式もある。

準備もすっかり進み、招待状も出した以上、この結婚を取りやめることはできない。

不可抗力《ふかこうりょく》で聖女になった君が辞めることは、神殿も了承《りょうしょう》してくれるだろう、と。

そう思っていたさ。

まったく、笑い話にもならない。僕は君にすっかり騙《だま》されていた。

ノア。先日、君の言っていた聖女アマルダ・リージュ嬢が僕の屋敷《やしき》を訪ねて来たんだ。

そこで、すべてを教えてもらったよ。

聖女になったのは、君の望みだったそうだな。

ずっと聖女を目指していた君の心情を、アマルダ嬢は汲《く》んでくれただけ。

アマルダ嬢自身は無能神の聖女さえ務めるつもりでいたのに、聖女を諦《あきら》められない君を見かねて、苦渋《くじゅう》の決断《けつだん》で譲ったのだ。君は喜んでそれを受け入れたのだ――と。そう聞いたよ。

君は、あんな無能神に取り入ってまで聖女になりたかったんだな。

あの醜《みにく》い神を夫としてでも、聖女になることを選んだんだな。

挙句、あまりの醜さに耐《た》え兼《か》ねて、僕に手紙を出したってところだろう？

そのために、君は本物の聖女であるアマルダ・リージュ嬢を悪役に仕立て上げたんだ。

君には失望した。君は嘘《うそ》を吐《つ》き、親友であるアマルダ嬢さえも悪《あ》しざまに書き、僕を騙そうとするような人間だったんだな。

アマルダ嬢は泣きながら、君のために謝罪をしてくれたよ。

かわいそうに。君がここまでひどい人間だと知っても、『聖女を任せた自分が悪かった』と自分を責めていた。

こんな心優《やさ》しい、君を思いやってくれる親友を、君はよくも裏切れたものだ。

親同士の決めた婚約とは言え、君の性根《しょうね》を見抜《みぬ》けなかった僕は、自分が情けない。

真実を告げてくれたアマルダ嬢《じょう》には、本当に感謝をしているよ。

……ああ、はっきりと言おう。

僕は親友を裏切り、婚約者に嘘を吐き、あの汚《けが》らわしい無能神に望んで仕えるような女性とは、とても結婚する気になれない。

この結婚の話は白紙に戻《もど》させてもらう。

聖女が神の妻であることを、君が知らないとは当然言わせない。

君が望んで聖女になった以上、この婚約を先に裏切ったのは君だ。婚約を反故《ほご》にした分の慰謝料《いしゃりょう》は請求《せいきゅう》をさせてもらう。

もちろん、君の父上とはすでに話をして、婚約の破棄《はき》について了承を得ている。君がどんなに言い繕《つくろ》っても無駄《むだ》だと理解してくれ。

今後、君から手紙をもらっても、返事を書くつもりはない。どうせ偽《いつわ》りを書き連ねるだけだとわかっているからな。

慰謝料については後日、直接会って話をする。それで、僕と君とはそれっきりだ。

君が選んだ無能神と、この先も仲良くやってくれ。

エリック・セルヴァン

——ふ。

婚約者《こんやくしゃ》のエリックから手紙が届いたのは、今朝早く。

朝一番に最悪の手紙を見た私は——。

——ふ、ふふふふふ。

「ふざけるなぁああああ!!」

全力で掃除《そうじ》をしていた。

神様の穢《けが》れに直接触《ふ》れないようモップで荒々《あらあら》しく床《ゆか》を擦《こす》り、壁《かべ》も力任せにガシガシ拭《ふ》き、今まで「重くて運べなーい！」とか言って後回しにしていた朽《く》ちた家具も、全部ゴミ捨て場に肩《かた》で担《かつ》いで捨てて来た。おかげで部屋の中は驚《おどろ》くほどに空っぽだ。

「冗談《じょうだん》じゃないわよ！　どうりで、ぜんぜん話が進まないと思っていたわよ！　そりゃあね！　やる気がなければそうでしょうね!!」

不本意にも神殿《しんでん》暮らしを始めてから、すでに十日以上。序列最下位の神の聖女たる私の生活は、まったくぜんぜん、なに一つ変わっていなかった。

粗末《そまつ》な食事に粗末な扱《あつか》い。宿舎では例のロザリーとその取り巻きに笑われ、嫌《いや》がらせされ、神官たちに訴《うった》えても聞く耳を持たない。ついでに、実家に頼んだ支援《しえん》物資も来なかった。

その言い訳の手紙も、エリックの手紙と一緒《いっしょ》に今朝送られてきた。

「なーにが！『こっちはこっちで忙《いそが》しかった』よ！　お父様もお父様だわ！」

久しぶりに見た父の文字を思い出すと、余計頭に血がのぼる。

苛立《いらだ》ちをぶつけるように、私はドレスの裾《すそ》をぎゅっと結び、雑巾《ぞうきん》を握りしめた。

そのまま雑巾で擦るのは、これまた後に回していた暖炉《だんろ》の内側だ。すっかりすすけて黒くなったその場所を、私は怒《いか》りを込めて乱暴に拭《ぬぐ》う。

「きったな!! 百年くらい掃除してないでしょう、ここ!!」

服も肌《はだ》も煤《すす》で黒く染まるが、もはやまるで気にならなかった。

荒々しい私の掃除に、神様はずっと怯《おび》えたように壁に張り付いている。

「ああもう、腹立つ! お父様、忙しいとか言っておいて、『私の力では、穏便《おんびん》に収めるだけで限界だった』ってどういうこと! それ、なんにもしてないってことじゃない!!」

気弱な父の字で書かれた手紙には、エリックからの婚約破棄を承認《しょうにん》したことが告げられていた。

『あまりの剣幕《けんまく》に取り付く島もなく、こちらにも非があったために強く言うこともできなかった。今は平謝りし、どうにか慰謝料を減らしてもらえるよう頼《たの》んでいるところだ。力ない父ですまない……』

などと殊勝《しゅしょう》な言葉で書かれていたが、『こちらにも非』ってどういうことだ。私が聖女にさせられたのは、ぜんぶアマルダのせいだろうに。

——どうして慰謝料を支払《しはら》う前提で、『減らしてもらうように頼んでいる』のよ! 完全に非を認めてるじゃないの!!

父が気弱なことは知っていた。強く押されると、まったく断れない性格なのだ。

エリックのあの手紙からして、かなりきつめに詰《つ》め寄られただろうことも想像がつく。

——だけど、娘《むすめ》の人生よ!? お父様が守らなくてどうするの!!

だいたいエリックも、一度会ったアマルダにコロッと騙されすぎではないか。

婚約者としてコツコツ関係を築いてきた私が馬鹿《ばか》馬鹿しくなってくる。

いや、それを言うならもともとの原因はやはりアマルダで――。

「うがぁあああああああ!!」

内心の苛立ちが、もはや言葉にすらならず口からあふれだす。

暖炉の煤《よご》に塗《まみ》れたまま、私は汚れた雑巾をバケツで洗い、アヒルの首でも絞《し》めるような勢いでギュッと絞《しぼ》った。

「あとで覚えてなさいよ！　もうお父様にもエリックにも絶対に頼《たよ》らないわ!!　――あ、神様、そこどいてください！　今日はもう、全部掃除してやるんだから!!」

「は、はい。……ええと、エレノアさん？」

「なんですか!!」

そろそろと場所を移動する神様に、私は嚙《か》みつくような返事をした。

完全に八つ当たりである。

それでも、神様は気遣《きづか》わしげだ。不機嫌《ふきげん》さを恐《おそ》れるよりも、むしろ心配した様子で、私に声をかけてくれる。

「エレノアさん、今日はどうされたんです？　なにか、困ったことでもありましたか？」

「ありましたとも!!」

しかし、うかつに気の立っている相手に声をかけてはいけない。

私はぐるんと声に振《ふ》り向くと、神様も引くほどの勢いで喰《く》いついた。

「ええ！　ええ！　よくぞ聞いてくれました！」

声をかけたが運《うん》の尽《つ》き。こうなったらもう、私の愚痴《ぐち》は止まらない。

悪いけど、神様には今日一日、愚痴につきあっていただきます！


「……婚約、されていたんですね」

私の話を一通り聞き終えたあと、神様は神妙《しんみょう》そうにぽつりとつぶやいた。

「破棄されましたけどね!!」

対する私は、とても神妙にはしていられない。はっはー！　と乾《かわ》いた笑い声を上げながら、ヒビの入った窓ガラスを力の限りに拭き上げる。

窓ガラスから覗《のぞ》く空は、すっかり夕暮れの色に染まっていた。ずいぶんと長く話し込んでしまったらしいが、それでも私の気は収まらない。

「お姉様が、『好きな人をアマルダに会わせるな』って言っていた意味がよくわかりましたよ！　別に、まだ好きだったわけじゃないですけど!!」

エリックと私の間には、恋愛《れんあい》感情があったわけではない。互《たが》いを引き合わせたのは親同士だし、私たちも政略結婚であることは十分理解していた。

ただ、『だから相手を疎《うと》んでいた』ということもなかった。

私はエリックのことが嫌《きら》いではなかったし、エリックも私を『ノア』と愛称《あいしょう》で呼ぶくらいには打ち解けてくれていた。

今は恋《こい》とは呼べなくとも、結婚してから築き上げていくものもあるだろう。

いつか彼が、私にとって特別な相手になる。そんな日が来るのだ——。

——なんて、笑い話だわ！　あっははは!!

「アマルダと私なら、そりゃあアマルダを選びますよ！　アマルダは女の子らしいですし？　見た目もまるでお人形さんですし？　気弱で、お優《やさ》しくて、おまけに最高神の聖女様！　みんな、ああいう子が好きなんですよ！」

——まあ、わかるわよ！　アマルダのことをよく知らない人ほど、あの子のことを好きになるのよね！

傍《はた》から見れば、アマルダは絵に描《か》いたような良《い》い子だ。

自慢《じまん》はせず、愚痴はほとんどこぼさず、いつも他人のことを思ったような言葉を吐《は》く。

その『他人のことを思ったような言葉』がありがた迷惑《めいわく》だなんて、言われた当人にしかわからない。

「アマルダに悪気はないんでしょうけど、比べられる方はたまらないわ！　だって私は真逆ですからね！　がさつだし、気も強いし、ひねくれてるし！」

「……エレノアさん」

神様の声を背後に、私は窓にこびりついた何十年物の汚れを擦る。

ぐっと雑巾に力を込めれば、少しだけ透明《とうめい》さを取り戻《もど》した窓に私の顔が映り込んだ。

怒りに歪《ゆが》んだ自分の顔に、ますます腹が立ってくる。私は自分自身を拭き取るように、さらに雑巾に力を込めた。

「どうせ、私は可愛《かわい》くないですよ！　心清くもないですよ!!」

「……いいえ」

「気を遣《つか》わなくていいですよ！　別に、自覚してますから!!」

背中から聞こえる声を、私は一息に切り捨てる。同情なんてほしくはなかった。

「アマルダを見たら、神様だってそう思うはずですもん！　というか、神様だって最初はアマルダを聖女にしようとしていたじゃないですか！」

いくら優しい言葉をくれたところで、神様にとっても私はアマルダの代理。その事実は覆《くつがえ》らない。

婚約《こんやく》者としても聖女としても、私はアマルダより劣《おと》っている。

選ばれるのはいつもアマルダで、私は捨てられるか、良くて代役をさせてもらうかだ。

「――いいえ」

けっ、と息を吐く私の後ろで、神様がもう一度同じことを繰《く》り返す。

先ほどよりも少し強い響《ひび》きに、私は眉根《まゆね》を寄せた。

「神様、慰《なぐさ》めなんて――」

「慰めではありません。たしかに最初は、アマルダさんが私の聖女になる予定でした」

ですが、と告げる神様の姿も、窓に映っている。

窓越《ご》しに私を見ているのは、顔も体もない、泥《どろ》の山だ。

だけど――なぜだろう。

「エレノアさん。今の私は、あなたのことを知っています」

彼がまっすぐ、私を見ているのがわかる。

「あなたは優しく、可愛らしい方です。そんな風にご自分のことを言わないでください」

窓を拭《ふ》く手が止まる。窓に映る私が息を吞《の》み、瞬《まばた》いていた。

落ち着かない視線は、無意識に窓の外に向けられる。

窓越しの神様から目を逸《そ》らすと、私は一瞬《いっしゅん》の沈黙《ちんもく》を打ち消すように声を上げて笑った。

「……そ、それは、ちょっとお世辞が過ぎますよ！　神様、聖女がいなかったからって、人間のことを忘れすぎだわ！　可愛いなんて、アマルダに比べたら私なんて――」

「比べませんよ」

神様の声は、さっきよりもさらに強い。

彼にしては低くて、押し殺したようで――彼らしくもなく、ひどく不機嫌そうだった。

「誰《だれ》かと比べたりはしません」

念を押すように、もう一度神様は繰り返した。

「私にとっては、『あなた』が素敵《すてき》な人なんです」

振り返らない私から、神様は視線を逸らさない。

静かな夕暮れの部屋に、神様の声だけが、強く、はっきりと響いた。

「……私」

赤い日差しを受けながら、私は知らずつぶやいていた。

「私、結婚するのを楽しみにしていたんですよ」

普段《ふだん》は日の差さない部屋に、夕日ばかりは長く照らす。

窓を拭く手は、いつの間にか完全に止まっていた。

「結婚式、楽しみだったんです。指輪の石も選び抜《ぬ》いて、ドレスのデザインも、エリック――婚約者に呆《あき》れられるくらい、すごく悩《なや》んで、迷って。だって、こんなの一度きりじゃない。自分が世界一可愛くて、幸せになれる日なんですよ！」

思わず声を荒《あら》げてしまってから、私ははっと口をつぐむ。

神様は無言だった。顔もないので、どんな表情をしているかもわからない。

だけど、こんな話を聞いて、他人がどう思うかなんてわかりきっている。

私は大きく息を吸うと、気まずさを振り払《はら》うように明るい声を上げた。

「……なんて、似合わないですよねえ。私が結婚に憧《あこが》れているとか！」

可愛くなれる、なんてらしくもない。幸せになれる日なんて、向いてない。

自分で言っておきながら、それを私は自分で笑い飛ばす。

「そういう性格じゃないでしょう、私？　世界一可愛いなんて、ちょっとうぬぼれすぎじゃないですかね！」

だいたい私は、世の少女たちが恋愛に夢中な間も、ずっと聖女修行《しゅぎょう》に明け暮れていた。

聖女も一種の結婚とはいえ、その実態は単なる就職に近い。

『他人になんて頼《たよ》らない！　自立するわ!!』という気持ちで聖女を目指していた私にとって、結婚なんて一番縁遠《えんどお》いものなのだ。

「もー、笑ってください！　神様、ちょっと真面目《まじめ》すぎです！　そんな深刻な話じゃないのに、変な空気になっちゃったじゃないですか！」

窓に映る私が笑っている。

口から出るのは、表情に似合いの、いかにもおかしそうな笑い声だ。

私の笑い声が響く中――だけど、神様は、ピクリとも笑わない。

「笑いませんよ」

「そんなこと言って――」

「結婚に憧れていたのでしょう？　その日を楽しみにしていたのでしょう？　だからこそ、

悲しいのでしょう？」

神様の声は、真面目で、深刻すぎる。

私の性格を知っている人は、みんな笑い飛ばしてくれたのに。

ルフレ様さえ、『似合わねー！』と笑い転げていたのに。

「エレノアさんにとって大事な思いを、私は笑うことなんてできません」

神様は、優しすぎる。

いっそ、笑ってくれればよかったのに。

――お姉様。

窓の外を見ながら思い出すのは、姉の結婚式の日だ。

聖女の道を挫折《ざせつ》して、しばらく。夢破れた私が見た、上天気の青い空の下。

初夏の日差しを浴びるのは、神官の前で義兄《ぎけい》の公爵《こうしゃく》閣下と愛を誓《ちか》う、姉の姿だった。

姉はアマルダに婚約者を奪《うば》われてもめげず、諦《あきら》めず、周りを引っ張り突《つ》き進んで行く人だ。その力強さで、元の婚約者よりもはるかに格上の公爵閣下を射止めた、強さとたくましさの象徴《しょうちょう》のような姉。

だけどあの日。あの瞬間。

真っ白なドレスに身を包み、頭に淡《あわ》い花の飾《かざ》りを挿《さ》した姉は、世界で一番可愛かった。

公爵閣下を見つめる姉は幸せそうで、閣下に見つめられる姉は、誰よりも素敵だった。

――いいなあ。

結婚なんてどうでもよかったはずなのに、姉を見ていると、自然とそう思っていた。

いつか、私も――なんて、らしくもなく憧れていた。

誰よりも花嫁《はなよめ》が可愛くなれる、幸せに満ちた結婚式。

聖女になれなかった私にとって、あの光景が新しい夢の形だったのだ。

――似合わないわ。

そんなことわかっている。気が強くてがさつで、令嬢《れいじょう》らしい奥ゆかしさもない。

可愛《かわい》げのない私に、少女らしい夢なんて不釣《ふつ》り合いだ。自分だってそう思う。

だから、誰に笑われても平気な顔をしていたけど。

「――本気で憧れていたからこそ、悲しくて、悔《くや》しいのでしょう？」

神様は笑わなかった。

真剣《じんけん》に聞いて、否定しないで、本気だったことを認めてくれて――。

「それなら、エレノアさんも無理に笑わないでください。自分の思いを卑下《ひげ》するあなたを、私は見ていたくありません」

少し怒《おこ》ったように、そう言った。

背中を向けたまま振《ふ》り返らない少女を、彼はずっと見つめていた。

いや、正確に言うのであれば、目を持たない彼に少女の姿かたちは捉《とら》えられない。

だけど――だからこそ、見えるものがある。

明るい態度、軽口めいた言葉、冗談《じょうだん》みたいに笑う声。

乾《かわ》いた響きの裏に隠《かく》した、彼女の本当の気持ち。

「…………」

たぶん彼は、相手が誰であれ同じような言葉をかけていた。エレノアでなくとも、初対面の相手でも、たとえ大悪党が相手でも、必要な言葉を与えていただろう。

それは彼の慈悲《じひ》深さであり、冷たさそのものだ。

人間が傷つく姿は望まない。だけど『人間』を細かく区別するほど、彼はもう、人間に関心を寄せられない。

ただ――。

「――ふっ、ふふふ」

長い沈黙のあとで、吹き出すように笑う声に、忘れたはずの心がざらついた。

「あっはは！　すみません、だいぶ愚痴《ぐち》を言っちゃいました！　ちょっと話しすぎましたね！　でもおかげで、だいぶスッキリしました！」

ずっと窓に向けていた体をこちらに向け、彼女はどこか気恥《きは》ずかしそうに頭を掻《か》く。

声は明るかった。茶化すようなその響きに、これ以上彼女にかける言葉はないのだと理解させられる。

「今日はもう遅《おそ》くなっちゃいましたし、そろそろ帰りますね！　掃除《そうじ》の続きは明日《あした》やりますので！　――それじゃあ」

失礼します！　と早口で言うと、彼女は掃除道具を抱《かか》え上げた。

そのまま部屋を出ようと、足早に彼の横を通り過ぎたとき。

荒々《あらあら》しい足音に紛《まぎ》れて、ぐす、と鼻をすするような音を、残された彼は聞いていた。

――エレノアさん。

追いかけようと身をよじっても、体はねとねとと重く這《は》うばかりだ。

手を伸ばすことさえままならないまま、エレノアの足音は遠ざかり、消えていく。

残ったのは、痛いくらいの静けさだけだ。

一人きりの部屋で、彼は無力感を噛《か》み締《し》める。無能神と呼ばれる自分に仕えてくれる、ただ一人の聖女を慰《なぐさ》めることすら、今の彼にはできないのだ。

――手を伸ばせたなら。

彼女を引き留められただろうか。頭を撫《な》でてやれただろうか。言葉よりももっとはっきりと、彼女が魅力《みりょく》的な女性なのだと伝えられただろうか。

――……こんな、醜《みにく》い姿でなければ。

それは、すべてを諦めていた彼の中に生まれた、かすかな揺《ゆ》らぎ。

長らく彼の忘れていた、諦念《ていねん》以外の感情だった。

片手にバケツ、片手にモップ。はたきや箒《ほうき》を小脇《こわき》に抱え、私は息を吸い込んだ。

――よし。よし！

「頼《たの》もう！」

大きな声で扉《とびら》を開ければ、昨日の大掃除でだいぶすっきりとした神様の部屋が目に入る。

家具のたぐいはなにもない。窓からは、わずかに朝の光が差し込んでいる。

遮《さえぎ》るもののない部屋は、思いのほか明るくて心地好《ここちよ》かった。

その明るい部屋の片隅《かたすみ》へ、私は神様を探して目を向ける。

姿かたちをさんざん蔑《さげす》まれてきた彼だから、あまり人前に姿を見せたくないのだろう。

暖炉《だんろ》の陰《かげ》や扉の裏、部屋の四隅など、神様は人目に付かない場所にひっそりと隠れる癖《くせ》があるのだ。

今日もそのあたりにいるだろうと、いつものように思っていたが――。

――あれ？

物陰に神様の姿はない。

どこにいるのかと思えば、珍《めずら》しくも窓のそば。日差しの当たる明るい場所で、彼は日向《ひなた》ぼっこでもするようにゆるゆると震えていた。

「神様？」

「――ああ、エレノアさん。おはようございます」

そう言って振り返る彼は、相変わらずの泥《どろ》の山だ。

けれど、少しだけ違和感《いわかん》がある。

――見た目はそんなに変わらないんだけど……。

「神様、ちょっとすっきりしました？　それに、においもしなくなったような……？」

身じろぎをする際の、ねばねばとした感じが薄《うす》れている気がする。

いつもなら彼の周囲の床《ゆか》が汚《よご》れているのだけど、今はそれも見当たらなかった。

しかし、当の神様本人に自覚はないらしい。

「ええと……そうですか？」

私の呼びかけに、彼自身不思議そうに身を震わせる。

その震え方も、『ねとねと』ではなく、どことなく『ぷるん』として見えた。

「気のせい……じゃないと思うんですけど……」

「どうでしょう。私は目が見えないので、自分の姿を見ることができませんが……」

困ったようにそう言ってから、神様はなにか気付いたようにゆるんと揺れた。

おや、とでも言いたげに揺れながら、彼が体を伸ばすのは私のいる方向だ。まるで覗《のぞ》き込むかのように伸びあがり、彼は穏《おだ》やかな息を吐く。

「元気になられましたね」

「あっ、はい。……昨日は恥《は》ずかしいところを見せてすみません」

神様の指摘《してき》に、私は気まずく頬《ほお》を掻いた。

昨日はずいぶんな姿を見せてしまったが、あのあと部屋に戻《もど》ってからひとしきり泣いて、翌朝には気持ちも落ち着いていた。

――思えば、泣いたのなんて久しぶりだわ。いつも怒ってばっかりだったし。

泣いたところで、アマルダの可愛らしさには敵《かな》わない。どうせ誰《だれ》も慰めてはくれないのだ――といつもならふてくされるところ、昨日は数年ぶりに涙腺《るいせん》が緩《ゆる》んでしまった。

それもこれも、神様に優《やさ》しい言葉をかけられてしまったからである。

「愚痴に付き合ってくださって、ありがとうございました。おかげで、もうだいぶスッキリしました」

「エレノアさん、良かっ――」

「まあ、スッキリしただけで腹は立っているんですけどね！」

ほっとしたような神様の言葉を遮って、私はガツンと掃除用具を床に下ろした。

バケツに水は汲《く》んである。私は容赦《ようしゃ》なく雑巾《ぞうきん》を叩《たた》き込むと、力の限り絞《しぼ》り上げた。

これが後々の、エリックと父の姿である。

「一晩考えたんですけど、慰謝料《いしゃりょう》の話し合いで顔を合わせる機会があるんですよ。あの調子じゃ、手紙だとなにを言っても信じないだろうけど、直接会えばいろいろ言いたいことも言えるでしょう？」

「……は、はい？」

「縋《すが》りつくような殊勝《しゅしょう》な真似《まね》はいたしません。本当のことを突《つ》きつけて、こっちから慰謝料を請求《せいきゅう》してやります！　それが嫌《いや》なら、頭を下げて婚約破棄《こんやくはき》を取り消すことね！」

あっちから『許してくれ！』と泣いて詫《わ》びるなら、水に流すことも考えてやらないこともない。

今のうちに弱みを握《にぎ》れば、結婚生活も安泰《あんたい》だ。

姉のような理想の夫婦《ふうふ》とはだいぶ異なるけれど――まあ、それもよし！

亡《な》き母みたいに、だらしない男どもを引っ張って家を支えていくというのも、それはそれで憧《あこが》れなのだ！

「……本当に、元気になられて」

もはや水の一滴《いってき》も絞れなくなった雑巾を見て、神様がぽつりとつぶやいた。

続いて聞こえる苦笑《くしょう》は、呆《あき》れたようでいて、安心したようでもある。

くすくすと笑う神様の声は、いつもよりも少し明るい。

神様の背にした陽光が眩《まぶ》しくて、私は知らず目を細めた。

静かな部屋に、ささやかな笑い声。

狭《せま》く、なにもない場所を心地好《ここちよ》く感じるのは、このやわらかな空気のせいだろうか。

「……そういえば」

日差しに揺れる楽しげな神様を見つめながら、私は自分でも知らず、こんなことを口走っていた。

「穢《けが》れを清めるために、神様と聖女が肌《はだ》を重ねる必要がある――って、本当ですか？」

私の何気ない問いに、神様が「ごふっ!?」と聞いたこともない音を立ててむせた。

「エレノアさん!?」

神様は笑い声を引っ込め、彼らしくもなく大声で私の名を叫《さけ》ぶ。

体は揺れに揺れ、全身がぷるんぷるんのたわんたわん。あまりの動揺《どうよう》っぷりに、私の方が困惑《こんわく》してしまう。

――これは……まずいことを言ってしまったのでは……？

「ど、どうしたんですか、急にそんなことを聞いて⁉」

「他《ほか》の神様から聞いたんですけど……もしかして、違《ちが》うんですか⁉」

なんと言っても、序列三位の偉大《いだい》なる神、ルフレ様のお言葉だ。

どれほど口が悪く、失礼で、蹴《け》り出したくなるほど生意気なお子様神であろうと、その言葉には重みがある。

いくらなんでも、こんな質《たち》の悪い嘘《うそ》を吐《つ》くはずは——。

「誰がそんなことを言ったんですか！　違います！　誤解です！」

嘘だった。あの神!!

怒《いか》りと羞恥《しゅうち》に赤くなりつつ、私は雑巾を握りしめる。

エリックの次は、あの神を雑巾にしなければ！

「た、たしかに穢れを清めるため、そういうことをする神もいます。で、ですが、それは必ずしも必要な行為《こうい》ではなくて——」

そんな冒瀆《ぼうとく》的な決意を固める私をよそに、神様は相変わらずぷるぷる震《ふる》え続けていた。

「私たち神は、穢れを引き受けることで災厄《さいやく》や魔物《まもの》の発生を抑《おさ》えることはできますが、完全に消し去ることはできません。穢れを清めるためには、人間の持つ魔力で打ち消す必要があるのです。……ええ、その、魔力をお借りするために、肌と肌で触《ふ》れ合う必要がありますが」

いつも物静かな声が今はかすかに上擦《うわず》っていて、そわそわと落ち着かない。

たぶん、顔があったら真っ赤になっているのだろう。目を逸《そ》らすかのように、彼は体を大きく捻《ひね》った。

「やはり、触れ合う部分が大きいほど効率が良く……素肌《すはだ》を交《か》わしているうちに、深い仲になることは少なくありません。で、ですが、別に手を握るだけでも問題はなく……！」

「……手を、握るだけ？」

「そうです！　素肌で触れ合えば効率は良いですが、そのぶん聖女に求める魔力も大きくなります。……失礼ですが、エレノアさんの場合は、軽く触れる程度が良いかと」

――なんだ。

気遣《きづか》わしげな神様の言葉に、私は内心でそうつぶやく。

――手を、握るだけかあ……。

手のない神様のどこを握るのか、という疑問はさておき、なんだか拍子抜《ひょうしぬ》けである。

安堵《あんど》半分に、私はほっと息を吐こうとして――。

――い、いやいやいや!!　安堵半分ってなによ!?

吐き出す前に飲み込んだ。

「ない！　ないない！　ありえないわ!!」

思わず口に出して言うと、私は自分の頬をぱちんと叩く。

部屋に響《ひび》く乾《かわ》いた音に、神様が驚《おどろ》いて顔を上げる——ようなしぐさをした。

「どうされました？」

「なんでも！　ありません!!」

思いのほか大きな声が出てしまったが、今さら引っ込めることはできない。

私は勢いもそのままに、誤魔化《ごまか》すようにこう続ける。

「もう！　この話はおしまい！　おしまいです！　——さあ、掃除《そうじ》の続きをするから、神様は端《はし》っこに寄ってください!!」

ようやく日差しの入るようになった部屋で、私は明るい声を上げながら、いつものように神様を追い立てた。

3章◆偽《にせ》聖女リディアーヌ

「──じゃあ、いきますね」

「は、はい……！」

緊張感《きんちょうかん》の満ちる部屋で、私はごくりと生唾《なまつば》を呑《の》み込んだ。

覚悟《かくご》を決めたつもりでいても、体が強張《こわば》るのは止められない。力んだ手のひらは所在なく宙をさまよい、不安を誤魔化そうと固く握りしめられる。

「大丈夫《だいじょうぶ》、怖《こわ》くなんかないですよ。痛くはしませんので」

「は、はい。……ええと、い、痛く？」

「私に任せて、力を抜いて……安心してください、優しくして差し上げますから」

私の不安とは裏腹に、部屋に響くのは上擦ったような猫撫《ねこな》で声だ。

時刻はまだ昼過ぎ。外は明るい日が差すころ。だというのに、この部屋だけは薄暗《うすぐら》い。

影《かげ》の落ちた部屋には、どこか秘密めいた雰囲気《ふんいき》があった。

そんな雰囲気に押されたのだろうか。声は困惑する相手の言葉を聞きもせず、逸《はや》ったように呼びかける。

「ちょっとだけ、ちょっとだけだから……！」

「だ、駄目《だめ》です、待って、待ってくださ――ひゃんっ⁉」

必死の制止もむなしく、部屋に小さな悲鳴が上がる。

だが、触れる手つきは容赦をしない。悲鳴を聞いても止まることなく、無遠慮《ぶえんりょ》に攻め立《せ》てる手に、悲鳴の主はたまらず身をよじらせ――。

「待ってくださいってば！　エレノアさん！」

むんずと体を摑《つか》む私に向けて、涙声《なみだごえ》で叫んだ。


エリックの手紙事件から数日後。場所はいつもの神様の部屋。

現在、私は神様の同意のもと、彼の黒い体に触れていた。

手のひらに感じるのは、肌に吸い付くような弾力《だんりょく》だ。

体温――と呼んでいいのかはわからないが、体温は少し低い。指触《ゆびざわ》りは滑《なめ》らかで、もちもちと指を押し返す。そのうえ、どこかしっとりとした手触りは、なんとも……。

「やわらかい……」

「なんだか語弊《ごへい》がありません⁉　さっきから！」

私に体の端《はし》を握《にぎ》られ、神様がぷるんぷるんと震えながら悶《もだ》えている。

いかにも気恥《きは》ずかしそうに体を揺《ゆ》らし、距離《きょり》を取ろうと身を引く彼の体を、しかし私は放すことができない。みょーんと伸《の》びる神様を両手で掴み、揉《も》みしだくのに夢中だった。

「やっぱり粘《ねば》つかないわ……！　前はもっとどろどろだったのに！　どうして!?」

「わ、私にもわかりませんが、きっとエレノアさんが部屋を掃除してくださったからではないかと――んん！　だ、だ、駄目です！　落ち着いてくださいエレノアさん!!」

「しかも、なにこの肌触《はだざわ》り！　しっとりもちもちで、滑らかで……これじゃあまるで乙女《おとめ》の柔肌《やわはだ》である。しかも私より柔らかい！

……！」

――く、悔《くや》しい……!!

……などと、身悶えする神様を無心に撫《な》でまわし続ける私は、当初の目的などすっかり忘れていた。

そもそも、どうしてこうなったのかと言えば――。

「エレノアさん！　そ、そんなに触《さわ》らないで結構です！」

必死の神様が私の手からすり抜け、どこか息が上がった声で叫《さけ》ぶ。

「さ、触ってくださるのは嬉《うれ》しいですけど！　そこまでしなくても、穢《けが》れを清めることはできますから!!」

というわけである。

きっかけは、あの大掃除の翌日。神様の体が、妙《みょう》にぷるんとしていたことだ。

神様自身は無自覚らしいが、あの日以降、確実に神様の体は変化していた。

なにしろ、明らかに掃除が楽になっているのだ。

神様が動いても穢れの跡《あと》は残らず、食事をしたあとも食器に穢れが付着していない。新たな穢れが部屋を汚《よご》すこともなく、掃除をすればするほどきれいになる。

おかげで、あれほど悲惨《ひさん》だった部屋の掃除もあらかた片付いた。

そうなれば当然、次に目を向けるのは神様自身の問題である。

——神様の穢れを清めるには、直接触る必要があるって話だけど……。

これまでのねとねとの神様ならいざしらず、今の神様はべとついた様子もない。

今なら触れるのではないか、と試《ため》してみたのが、つまりは先ほどの行為《こうい》である。揉みしだいたのは確認《かくにん》のためであって、決して変な意味はない。

魅惑《みわく》のもち肌の誘惑《ゆうわく》に負けたわけでもないのである——なんて言い訳はさておき。

「——それでは、行きますすよ」

仕切り直した部屋の中。そう言ったのは、今度こそ神様だ。

私は神様から厳重注意を受けた上で、人差し指だけを彼の体に当てている。

「今から、エレノアさんに私の穢れを流します。エレノアさんが浄化《じょうか》できる分だけをお渡《わた》ししますので、どうか気を楽にしてください」

「少しだけ嫌《いや》な気持ちを感じるかもしれませんが、特別なにかする必要はありません。拒《こば》まず、受け止めてあげてください」

「は、はい」

「わ、わかりました……！」

そう答えつつも、無意識にごくりと唾《つば》を呑む。

正直に言って、私は緊張《きんちょう》しきっていた。

——だって、穢れってあの感情でしょう？

神様曰《いわ》く、穢れは人の心から生まれ、魔力《まりょく》もまた人の心で操《あやつ》るもの。

どちらも同じ心の力なのだから、触《ふ》れ合えばシンプルに強い方が勝つ。

そして、神々は相手の魔力に応じて、受け渡す穢れの量を調整できるらしい。

だから、よほど意地悪な神が相手でもない限り、特別なことをせずとも安全に穢れを浄化できる、とのことだ。

「——エレノアさん」

とはいえ、やはり穢れは穢れ。神様を信じていないわけではないけど、不安になるのは止められない。万が一、またあの穢れの感情が流れてきたら——。

「エレノアさん、終わりましたよ」

流れて……きたら……はい？

「これで終わりです。お疲《つか》れ様でした」

神様はそう言うと、一礼するようにたゆんと揺れる。

見た目はなにも変わらない。相変わらずの黒い神様に、私は瞬《まばた》いた。

「これで……終わり!? なにもしてないんですけど!?」

「穢れの浄化はこんなものですよ。一度にするのではなく、少しずつ減らしていくんです。身に余る量を浄化しようとして、逆に呑まれては元も子もありませんから」

穢れは、相手の魔力量に応じた分しか減らせない。魔力は消耗《しょうもう》するものなので、ゆっくり体を休めて回復させなければ、次の浄化は行えないという。

そして私の魔力では、一度に浄化できるのは、ほんの指先一本触れる部分のみときた。なにもしていないと思っていたけど、言われてみれば魔力は空になっている。体にもほんのり疲れがあり、たしかに今日のところは、これ以上は難しそうだ。

……と、いうことは。

「これ、あと何年かかるんですか!?」

あまりの先の長さに、私は思わず頭を抱《かか》えた。指先一本、一日一回。これで全身穢れまみれの神様を戻《もど》すなんて、無謀《むぼう》すぎるのではないだろうか。

そう嘆《なげ》く私に、神様はそっと優《やさ》しく、しかしまったく慰《なぐさ》めにならない言葉をかける。

「エレノアさん、あまり気を落とさず。人には向き不向きがありますから……」

それはつまり、私の魔力が足りないと言っているのと同じことだ。この正直者め。

――まあ、実際その通りなんだけど。でも、他人に言われると腹が立つわ！

腹立たしさのあまり、私は八つ当たり気味に神様をつまんで伸ばす。そのままぐにぐにと引っ張れば、彼は「あっあっ」と戸惑《とまど》った声を上げた。

「お、落ち着いてください、エレノアさん！」

黒い体を気恥ずかしそうに震《ふる》わせて、神様は私に振《ふ》り返る――ように体をひねる。

もちっと震える姿は、怒《おこ》っているというよりは苦笑《くしょう》しているらしい。無理には逃《に》げず、宥《なだ》めるように揺れながら、彼はどこまでも黒い表面に私を映す。

「神気の大きさによって、蓄《たくわ》えられる穢れの量も変わります。私はきっとたいした神ではありませんから、そう長くはかかりませんよ。ゆっくりやっていきましょう」

いやいやいや、神様、ご自分の体をわかっていない。

この調子では、体の表面だけでも年単位、あるいは数十年単位である。

神様の体内がどうなっているかはわからないけれど、もしも体の中までみっちり穢れが詰《つ》まっているのなら、とても私が生きているうちに終わるとは思えない。

――どうりで、アマルダを聖女に選ぼうとしたわけだわ。

神様に必要なのは、穢れを一気に浄化できるだけの膨大《ぼうだい》な魔力。アマルダほどの力があれば、指先一本の私よりも、ずっと早く神様を元の姿に戻すことができるのだろう。

悔しいけど、やっぱり考えてしまう。私ではなく、アマルダだったなら——。

「エレノアさん」

無言で神様を揉む私に、彼は穏《おだ》やかに呼びかける。

もちもちの黒い体が、まるで慰めるようにゆっくりと震えた。

「私は、エレノアさんが穢れを清めようと思ってくださったことが嬉しいです。いずれ良い方法が見つかるかもしれませんし、今は悩《なや》まず続けていきましょう？」

「神様……」

——……そうね。

柔らかな神様の声に、私はふっと息を吐《は》く。神様の言う通りだ。

何百年もかけて集めた穢れを、一日二日でどうにかできるはずがない。

穢れの浄化はまだはじまったばかり。結果を期待するのは早すぎる。

まずはひとつずつ、できることを試していこ——。

「——それに」

う、と思う私の思考を、神様の言葉が遮《さえぎ》る。

彼の口調は、先ほどの穢れのときよりもずっと重く、深刻だった。

「今は穢れのことよりも先に、もっと悩むべきことがありますし……」

そう言うと、彼は周囲を見回すかのように、まるい体をよじらせる。

彼の黒い体に映るのは、掃除《そうじ》の終わった神様の部屋だ。

埃《ほこり》は払《はら》われ、窓は拭《ふ》かれ、床《ゆか》はピカピカに磨《みが》かれた。巣を作っていた蜘蛛《くも》たちも追い払い、悪臭《あくしゅう》も消えたこの部屋は、以前とは見違《みちが》えるほどすっきりとした。

——ええ、ええ、それはもう。

この部屋を見た百人中、百人が「すっきりしている」と言うだろう。掃除した身でなんだけど、我《われ》ながらここまできれいな部屋は見たことがない。

なにしろこの部屋——。

——……捨てすぎたわ。

家具のたぐいが、一切《いっさい》ないのである。

ベッドや棚《たな》はおろか、椅子《いす》の一脚《きゃく》もない、広々とした部屋の中央。

私と神様は床の上にじかに座った状態で、互《たが》いの顔を見合わせため息を吐《つ》いた。


——うーん、家具。家具ねえ……。

夕暮れ。神様の部屋を出て、宿舎の自室へ帰る道すがら。

途中《とちゅう》、食堂で受け取った夕食を手に、私は悶々《もんもん》と考えていた。

——お父様に頼《たの》めれば良かったんだけど。あのやろ……お父様、ぜんっぜん当てにならないわ。

神殿《しんでん》での待遇《たいぐう》改善を求めて父をせっついているものの、動いてくれた気配は今のところまったくなかった。最下位の聖女は相変わらずの冷遇ぶりで、今日の食事も薄《うす》いスープと固いパンだけだ。

ちなみにこの食事、宿舎で一人で食べる予定である。本当なら夕食も神様と半分にしたいところだが、あまりに貧相な食事に、さすがの神様も受け入れてくれなかった。

『私は食べなくても死にはしませんが、エレノアさんはこれ以上食事を減らすと……』

と、あの穏やかで押しに弱そうな神様が言うくらいだから大概《たいがい》である。まさか聖女にもなって、食生活の心配をするとは思わなかった。

――せめて、食事の差し入れだけでも送ってくれればいいのに！　ほんと、なにをしているのかしら！

そう内心で愚痴《ぐち》を吐きつつも、なんとなく想像はついている。

どうせ婚約破棄《こんやくはき》の件でエリックと揉《も》めていて、私のことなんて忘れているのだろう。

――かといって神殿に頼《たよ》る当てもないし、神官はろくに話を聞いてくれないし……！

「あー！　もう！」

神殿での私は無力である。

ままならなさに、ひとり苛立《いらだ》ちの声を上げた――そのとき。

「――えー！　石より絶対に生ゴミの方が面白《おもしろ》いって！」

押し殺した少女の声が、少し離《はな》れた場所から聞こえてきた。

声は食堂の裏手、神殿を囲む外壁《がいへき》の近くから響《ひび》く。宿舎に戻るには近道だが、ほとんど人の通らない裏道で、どうやら誰《だれ》かが声を潜《ひそ》めてくすくすと笑いあっているらしい。

「ゴミまみれの方が見てて笑えるじゃない。それに石だと問題になるかもしれないし。あの子の神様に告げ口されたら大変よ」

「そうそう、神官にバレてもうるさいわよ。あの子の実家が公爵《こうしやく》家だからって、へこへこしちゃって」

ねー、と言い合う少女たちを、笑い飛ばすのは別の声だ。

「なーに言ってんのよ。あの偽《にせ》聖女が告げ口なんてするわけないわ！」

――偽聖女？　……というか、この声って。

どこか甘く、鼻にかかるような声に覚えがある。嫌《いや》な予感に、私はとっさに木の陰《かげ》に隠《かく》れた。

そのままそっと声のする方を窺《うかが》い見れば、予想通り。食堂裏手のゴミ捨て場付近に、ルフレ様の聖女ことロザリーと、その取り巻き二人の姿がある。

――うっわ……顔を合わせたくないわね……。

彼女たちがいるのは、ちょうど宿舎へ向かう私の進行方向だ。

今すぐ引き返したいけど、避《さ》けて通るのもそれはそれで癪《しやく》に障《さわ》る。

どうするべきかと足踏《あしぶ》みする私をよそに、彼女たちは意味深に笑い続ける。

「偽聖女のくせに偉《えら》そうで、ずっとムカついていたのよ。ねえ、マリ、ソフィ、あなたたちもそうでしょう？」

ロザリーが言えば、取り巻きの聖女たちも顔を見合わせてうなずく。

「ほんと、この神聖な場所に偽聖女なんて嫌よねえ。わたしの神様も汚《よご》れちゃうわ」

と言ったのは、ふっくらとした体つきの少女だ。神殿でいつもロザリーにくっついている取り巻きの一人で、たしか名前はソフィと言った。

「周りはみんな本物の聖女なのに、神殿にいて恥《は》ずかしくないのかしら。ねえ」

ソフィに続いて笑うのは、痩《や》せた長身の少女。彼女の方がマリだろう。

二人の反応に、ロザリーは満足そうに口の端《はし》を曲げてみせる。

「でしょう？　あなたたちはわかっているわ。でも、ああいう勘違《かんちが》い女は痛い目を見ないとわからないのよね、自分が場違いだってこと」

――痛い目……？

どういうことかと訝《いぶか》しむ私へ、不意にロザリーが目を向けた。

一瞬《いっしゅん》ぎくりとするものの、どうやら彼女が見ているのは私ではないらしい。

私の隠れる木のさらに先を見据《みす》え、彼女はふふんと口を曲げた。

「だから、私が身の程《ほど》を教えてあげないと。――あなたたちの案を採用してあげるわ。せっかくの食堂だもの。石より生ゴミの方が、ぶつけがいがあるってものよね」

その言葉と同時に、周囲の空気がピリッと張り詰める。

刺《さ》すような空気の変化に、私はぎょっと身を強張《こわば》らせた。

──魔力《まりょく》！　あの子、魔法を使う気だわ！

しかも、かなり強い。さすが、仮にも序列三位の神様の聖女──なんて感心している場合ではない。

──どこに向けて魔法を撃《う》つ気……!?

彼女の視線の先を追い、私は慌《あわ》てて振《ふ》り返る。

見えるのは神殿を囲む外壁と──誰かの背中だ。外壁に向かって立つその人が、こちらの様子に気付いている気配はない。

そうしている間にも、魔力はどんどん強さを増していた。

風精霊《せいれい》たちが魔力に呼び寄せられる。周囲に風が満ち、食堂裏手に捨てられた生ゴミが宙に浮《う》く。それらのゴミを一瞥《いちべつ》し、ロザリーは意地悪く目を細めた。

「ゴミまみれになりなさい！」

次の瞬間。声を合図に、外壁のそばに立つ誰かの背中へ、生ゴミが一斉《いっせい》に飛んでいく。

「──ば」

止めないと──なんて殊勝《しゅしょう》な考えよりも早く、とっさに声と足が出ていた。

私は隠れていた木の陰から飛び出すと、ほとんど反射的にトレーを振り上げる。

夕食のスープとパンが地面に落ちるが、気にしてはいられない。そのまま力任せに、飛んでいく生ゴミをガツンと叩《たた》き落とした。

「――っかじゃないの！　なにしてんのよ、あなたたち！　生ゴミとか、水より洒落《しゃれ》にならないわ!!」

ゴミで汚れたトレーを手に、私はロザリーに怒鳴《どな》りつけた。

水も十分腹が立つけど、いくらなんでも生ゴミは悪意がありすぎる！

「いい加減にしなさいよ！　今日こそ神官に突《つ》き出してやるわ！」

怒《いか》り任せに一歩足を踏《ふ》み出せば、慌てたのは取り巻きたちだ。

さすがにまずいと思ったのか、彼女たちは口々にロザリーに呼びかける。

「ロザリー、行こう！　見つかったら大変よ！」

「ここを見られたら言い訳できないわ！　ロザリー！　……ロザリー!?」

しかし、取り巻きの呼びかけにも、ロザリーは動かなかった。

その場に立ち尽《つ》くしたまま、彼女は無言で私を睨《にら》みつけてくる。

「なによ、やる気!?」

悪びれない彼女に、私も体に力を込める。こうなったら徹底《てってい》的にやってやろうと、彼女を睨み返し――。

ふと、違和感《いわかん》に眉《まゆ》をひそめた。

——……あれ。

日も暮れかけ、長い影《かげ》の落ちる時間。

夕日に照らされ、ロザリーと取り巻きたちの影も地面に伸《の》びる。

細長い三人の影の中で——真ん中に立つロザリーの影だけが、妙《みょう》に大きい。

「ムカつく……！　泥臭《どろくさ》い偽聖女のくせに……！」

その声に合わせて、彼女の足元の影が揺《ゆ》れる。

まるで——粘《ねば》りつくように。

「やめよう！　もういいから、行こう、ロザリー！」

だけど、それが見えたのも一瞬だ。

取り巻きたちがロザリーの腕《うで》を引いたときには、影の違和感は消えていた。

そのまま取り巻きに引っ張られ、ロザリーが去ってしまえば、あとに残るのは静寂《せいじゃく》だけだ。何事もなかったような食堂裏手に、夜に向かう冷たい風だけが吹《ふ》き抜《ぬ》ける。

——今の……見間違い……？

ただ一人、私だけが呆《ほう》けたように立ち尽くしていた。

ほんの一瞬、見えた気がしたロザリーの影。奇妙《きみょう》に濃《こ》いあの影は、いったい——。

「——ねえ、あなた」

などと考え込んでいた私は、近くに人がいることなどすっかり忘れていた。

思いがけない呼びかけに、喉《のど》の奥から変な声が出る。

「ひゃい⁉」

——そ、そういえば、ロザリーに狙《ねら》われていた子がいたんだっけ……！

この状況《じょうきょう》で声をかけてくるとなれば、その子しかいないはず。

仮にも序列三位の聖女に目を付けられるなんて、いったいどれだけ運の悪い子だろうか
——と振り返り。

私はもう一度、声を上げそうになった。

「礼を言うべきかしら？　でもわたくし、助けて欲しいなんて言っていないのだけれど」

目の前にいたのは、とびきり美人だけど、とびきりきつい顔をした少女だ。

私を見下ろす、鋭《するど》すぎるほど鋭い赤い瞳《ひとみ》。不機嫌《ふきげん》そうな眉間《みけん》の皺《しわ》に、どこか不敵に結ばれた口元。

ツンと反らされた顎《あご》はいかにも高慢《こうまん》そうで、口にする言葉は高飛車そのもの。

とても助けられた人間の態度とは思えないけれど、今の私は怒《おこ》る気にもなれなかった。

それくらい、目の前の彼女は有名で——意外な人物だったのだ。

——こ……こ、この子、アドラシオン様の聖女じゃない‼

アドラシオン様の聖女、公爵令嬢《こうしゃくれいじょう》リディアーヌ・ブランシェット。

彼女の名前を知らない人間は、この神殿《しんでん》には存在しないだろう。

彼女こそは、王家の血を汲《く》む大貴族ブランシェット家の長女にして、第二王子の元婚約《こんやく》者。そして、現在は序列二位の神アドラシオン様の聖女という、とんでもない経歴の持ち主である。

彼女自身もまた、経歴に恥じぬ才能の持ち主と評判だ。その聡明《そうめい》さは王家の大臣も舌を巻くほど。生まれつき魔力にも優《すぐ》れ、そのうえ努力を怠《おこた》らない彼女は、宮廷《きゅうてい》の魔術師にも匹敵《ひってき》する力を持つという。

一方で、その性格は苛烈《かれつ》かつ過激。傲慢《ごうまん》でプライドが高く、自分の思い通りにならなければ、誰《だれ》であろうと容赦《ようしゃ》しない——ともっぱらの噂《うわさ》だった。

そしてもう一つ、アドラシオン様の聖女といえば、有名な話がある。

——どうりで、『偽聖女《にせ》』なんて呼ばれていたわけだわ……！

怖《こわ》いもの知らずとは思うけど、彼女がアドラシオン様の聖女ならば、その呼び名にも納得《なっとく》だ。

なにせ、アドラシオン様にとって、本当の聖女はいつだってただ一人。建国当時、彼が恋《こい》をしたたった一人の少女と——その生まれ変わりだけを指すのである。

建国神であるアドラシオン様は、この国においてはかなり特殊《とくしゅ》な存在だ。

彼は国づくりの際に、他《ほか》の神々に背《そむ》いて人の味方をし、最後は恋をした少女と生きてい

くために、神の力を捨てて人になったという。

人としての死後は再び神に戻《もど》り、人々を導いているが——もしも国に危機が訪《おとず》れた際は、彼は制約の多い神の座を捨て、人に生まれ変わるのだ。

少女はこのときにのみ、人となったアドラシオン様を支えるために生まれてくるのだと言われている。

だから、神殿にアドラシオン様がいる以上、彼の『本当の聖女』は存在しない。

たとえアドラシオン様に選ばれようとも、あくまでもそれは少女の代わり。仮の聖女か——あるいは、ロザリーたちの言い方であれば、『偽聖女』ということになる。

——でも、アドラシオン様が選んだ相手には違《ちが》いないし、そうでなくとも公爵令嬢よ？

普通《ふつう》であれば、逆らおうと思う相手ではないはず。よほどロザリーの恨《うら》みを買っているのだろうか——と思いながら彼女を見れば、ちょうどこちらを見る彼女と目が合った。

きつい吊《つ》り目が私を見据《みす》え、かすかに歪《ゆが》む。美人だけに威圧感《いあつかん》があった。

「あなた、馬鹿《ばか》じゃないの」

その睨むような表情のまま、彼女は高く硬質《こうしつ》な声で言った。

「魔法《まほう》に素手《すで》で向かうなんて、無茶《むちゃ》を通り越《こ》して無謀《むぼう》よ。大人しく隠《かく》れていればよかったのに。わたくしは自分で自分の身くらい守れるもの」

「……は」

言われた言葉を受け止め損《そこ》ね、私は一瞬《いっしゅん》、ぽかんと呆けてしまう。

――馬鹿じゃないの？

馬鹿じゃないの……って。

「は……はああああ!?　助けられておいて、なによその言い草!?」

「わたくしは『助けて』なんて頼《たの》んでいないわ」

一拍遅《いっぱくおく》れて言い返す私に、彼女は冷たくすました声で突き放す。

不愉快《ふゆかい》そうに眉根《まゆね》を寄せ、フンと鼻を鳴らす姿は、まさに噂通りの傲慢さだ。

「だいたい、そんな貧相なトレーで魔法に対抗《たいこう》されても困るのよ。それで怪我《けが》をしたらどうするの！」

「あなたねえ、怪我をしたら、って、そんなの――ん？」

うん？

「生ゴミだったから良かったものを、あれが石や硝子《ガラス》だったら防げないでしょう！　危ないことをするんじゃないわ！　あなたの身になにかあったら、あなたの神様が悲しむでしょう!!」

んんんん？

「あなた、エレノア・クラディールね、クラディール伯爵《はくしゃく》家の！　ろくな魔力《まりょく》もないくせに、余計なことをしないでちょうだい！」

絵に描《か》いたような傲慢令嬢は、瞬《まばた》く私を気にもせず、高慢に言葉を続ける。

「あれくらいの魔法、わたくしなら簡単にはじき返せるわ。あなたは下手なことをせず、クレイル様のためにも自分の身を大切になさい!! だいたい――」

「ま、まままま待って! 待って!!」

まだまだ言い募《つの》りそうな彼女に、私は慌《あわ》てて制止をかけた。

口調はきついし、態度もきついし、なんだか理不尽《りふじん》に怒られている気もするけれど……さっきから、なんだか妙に引っかかる。

――な、なんでこの子……。

「リディアーヌ……様。私の名前、どうして知っているんです!? それに神様も!」

「当たり前でしょう。他の聖女の名前くらい、覚えなくてどうするの!」

当然のように彼女は言い放つ、が。

――いやいやいや!

「私、ただの代理聖女ですよ! しかも入りたてだし、神様の序列も最下位ですし!」

「神様に序列なんてあるものですか!」

私の言葉を、リディアーヌ様が一喝《いっかつ》する。

怒ったような彼女の眉間の皺《しわ》に、私は無言で瞬いた。

――この子……。

神殿はひどい序列社会だ。神々の序列が高いほどに媚《こ》びへつらい、低くなるほどに見下される。

最下位の神様は、その最たるものだ。どこに行っても『無能神』『役立たず』『醜《みにく》い化け物』と馬鹿にされる。神を敬うはずの神官も、聖女も、食堂の雇《やと》われ調理人でさえ、神様のことを嘲笑《あざわら》っていた、のに。

——神様のことをちゃんと名前で呼ぶ人……久しぶりに見たわ。

しかもそれが、序列二位の神の聖女。このえらそうにふんぞり返った少女の口から出たことが、私には信じられなかった。

「なによその目は。なにか、わたくしに文句でもあって⁉」

驚《おどろ》きに言葉もない私に向け、彼女はツンと顎を持ち上げる。

その、どう見ても高飛車な彼女の——背後。

小さな影《かげ》が、遠慮《えんりょ》がちに彼女のドレスを引っ張っていた。

「聖女さま、……けんか？」

「けんかは駄目《だめ》だよ！」

そう口々に言うのは、貧相な身なりの子どもたちだ。

年は十歳そこそこだろうか。痩《や》せた体に、擦《す》り切れた服。この贅《ぜい》を尽《つ》くした神殿に似つかわしくない子どもの姿に、私は眉根を寄せた。

——こんな時間に、子どもがどうして？

昼日中なら、神々へ参拝するために外部から人が入ってくることはある。

だけど、すでに日の暮れたこの時間。神殿の入り口はとっくに閉じられているはずだ。

首を傾《かし》げる私の目の前で、リディアーヌ様は慣れたように子どもたちの肩《かた》を叩《たた》く。

「喧嘩《けんか》じゃないわ。ちょっとお話ししていただけ。——いいから、あなたたちは早く外に出なさい。見つかったら叱《しか》られちゃうわ」

「はあい！」

「聖女さま、今日もごはんありがとう！」

そう言って一礼し、素直《すなお》に背を向ける彼らの手には、パンの入った籠《かご》がある。

貧しい身なりには明らかに不釣《ふつ》り合いな、焼き色の美しい上等のパン。それが入った籠を大切そうに抱《かか》えて、彼らはぱたぱたと外壁《がいへき》へと駆《か》けだした。

どうやら、壁《かべ》に子どもが通り抜《ぬ》けられる隙間《すきま》があるらしい。彼らは壁の前で一度振《ふ》り返り、こちらに向けて大きく手を振ると、そのまましゃがんで壁の中へ消えていく。

そうして、神殿《しんでん》を出て行く子どもたちを見送った、あと。

「…………」

私は無言で、リディアーヌ様に目を向けた。

彼女の手は、ついさっきまで子どもたちに手を振り返していた位置のまま、所在なく宙に浮《う》いている。

「なによ」

その手をぎゅっと握《にぎ》りしめ、彼女は不愉快そうに口を曲げた。

「なにか文句でもあって？　言いたいことがあるなら言いなさいよ！」

「……いえ」

文句はない。ないけども。

なんだか、すとんと腑《ふ》に落ちた。

ははあ、なるほどなるほど。なるほど彼女――。

――ツンデレだ!!

「なによ、その目！　なにか言いなさいってば！」

なーるほど、とうなずく私の生ぬるい目に、リディアーヌ様は肩を怒《いか》らせる。

アドラシオン様の意外な好みを知ってしまった――なんて、言えるはずがない。

「どうして黙《だま》るのよ！　どこか怪我でもしたの!?　見せなさい！」

口をつぐむ私を、彼女はキッと射殺すような目で睨《にら》んでくる。

そのまま私の腕《うで》を掴《つか》むと、目つきとは裏腹の優《やさ》しい手つきで、戸惑《とまど》う間もなく私の体を改めた。

「……汚《よご》れているわ。だから余計なことをしないでって言ったじゃない」

その手が腰《こし》のリボンに触《ふ》れたとき、彼女はきつい顔をさらに歪めた。

リディアーヌ様の言葉に見てみれば、たしかに。リボンの端《はし》を生ゴミが汚している。

――ああ……気付かなかったわ。部屋に戻《もど》ったら洗わないと……。

「外しなさい」

「は」

「外しなさい。わたくしが代わりのものを用意するわ」

そう言うや否《いな》や、リディアーヌ様はリボンを容赦《ようしゃ》なく引っ張る。問答無用すぎる。

「いいです、いいです！　どうせ洗えば落ちますし！」

「それではわたくしの気が済まなくってよ！　見苦しいから、早く外しなさい！」

「ま、待って！　やめ――」

「――やめなさい!!」

押し合いをする私たちの間に、不意に割り込んだのは鋭《するど》い声だ。

驚いて振り向けば、こちらに向かってくる神官たちの集団と――見覚えのある少女の姿が目に入る。

神官たちを率い、険しい顔でこちらを見据《みす》える少女に、私は体を強張《こわば》らせた。

――アマルダ！

見たくもない顔である。

しかしアマルダの方は、私を見つけるといかにも親しげに微笑《ほほえ》んだ。

「安心して、ノアちゃん！　私が来たからにはもう安心よ！」

「はあ？」

つい低い声が出るが、アマルダは聞いていない。すでに私からも視線を逸《そ》らし、リディアーヌ様をキッと睨みつけていた。

「リディアーヌさん、そこまでよ。これ以上、あなたの好きにはさせないわ」

アマルダはそう言うと、震《ふる》える両手を握りしめる。

怯《おび》えを呑《の》み、凜《りん》と前を向く彼女は、いかにも恐怖《きょうふ》に立ち向かっていると言いたげだ。

「ロザリーちゃんに話は聞いたわ。あなた、今までずっと、そうやって自分より格下の聖女たちをいじめていたんですってね。最高神に次ぐ神――アドラシオン様の聖女でありながらそんなことをするなんて、許せないわ……！」

アマルダの言葉は、まるきり正義の味方のセリフである。

青い瞳《ひとみ》には強い光。覚悟《かくご》を決めて踏《ふ》み出す足。悪を糾弾《きゅうだん》するように、迷いなく持ち上げられた彼女の手は――まっすぐにリディアーヌ様を指し示す。

「なにより、私の親友を傷つけようなんて絶対に許せない！　私がここに来た以上、あなたの罪はすべて償《つぐな》ってもらうわ！」

――うわ……関《かか》わりたくなかったのに……。

エリックのことで言いたいことは山ほどあるが、それはそれとして顔を合わせたくはなかった。姉の言う通り、アマルダは天災。関わらないのが一番なのである。

しかし、望まずして襲《おそ》い来るのも天災なのだ。

「最高神の聖女が最下位の神の聖女と親友だなんて、あなたのような人はきっと想像もしなかったでしょう！　私の大切なノアちゃんをいじめたことが、あなたの失敗よ！」

「……いじめられてないけど」

このまま断罪、という雰囲気《ふんいき》の中、私は空気を読まずにそう言った。

そもそも、『大切なノアちゃん』ってなんだ。神殿に来てから、一度だって会いに来たこともないくせに。

「なにか誤解しているわ。リディアーヌ様は私を傷つけようとなんて――」

「『様』なんて！　ノアちゃん、聖女はみんな平等なのよ！　いくら序列が最下位の神様の聖女でも、リディアーヌさんにへりくだる必要はないの」

――は？

リディアーヌ様も似たようなことを言っていたけれど、アマルダに言われるとイラッとしてしまうのはなぜだろう。

「それに、ノアちゃんがリディアーヌさんをかばう必要はないわ。私、ちゃんと聞いたもの。リディアーヌさんがノアちゃんのことを『見苦しい』って言っていたこと。……ノアちゃんが本当の聖女ではないからって……ひどいわ」

——はあ？

「それにほら、ロザリーちゃんの言った通りだわ！　ノアちゃんの食事までひっくり返すなんてやりすぎよ！　——リディアーヌさん。最高神の聖女として、私はあなたを見過ごせないわ。最下位の聖女だからってノアちゃんを馬鹿《ばか》にしたこと、後悔《こうかい》しなさい！」

——はあああああ!?

「アマルダ！　勝手なことを言わないで！　私はなにもされていないわ！」

アマルダの言葉を聞く限り、どうやらロザリーに余計なことを吹《ふ》き込まれているらしい。あのとき、妙《みょう》に素直に逃《に》げたと思ったけど、実際は逃げたわけではなく、アマルダを呼びに行っていたのだろう。

リディアーヌ様は序列二位の聖女。となればさらに上の最高神の聖女を味方につけ、リディアーヌ様を陥《おとしい》れようという魂胆《こんたん》なのだ。

——ムカつく！

「悪いのはその『ロザリーちゃん』の方よ！　あなた、騙《だま》されているわ！」

「ああ……やっぱりロザリーちゃんの言った通りだわ！　ノアちゃんは脅《おど》されていて、無《む》理矢理《りやり》リディアーヌさんの言うことを聞かされているって……！」

ものの見事にロザリーに騙されたアマルダが、痛ましそうに涙《なみだ》ぐむ。

だけど小さく首を振ると、そっと指の先で涙を拭《ぬぐ》い——優しく、それでいて凛々《りり》しい顔で私に向けて目を細めた。

「でも、もう大丈夫《だいじょうぶ》よ。私が助けてあげるから……！」

あっ駄目《だめ》だこりゃ。話を聞いてない。

背後の神官たちも、リディアーヌ様に向ける視線は険しい。

一見すると大人しくて小柄《こがら》なアマルダと、見るからにきつくて背も高いリディアーヌ様が向き合っているのだ。傍《はた》から見れば、どう考えてもリディアーヌ様が悪役である。

そのうえ、当のリディアーヌ様はといえば——。

「わたくし、いじめなどした記憶《きおく》はありませんわ」

これもまた、悪役然とした顔でアマルダを見据えてしまっている。

「身分の低い者と、高い者との友情はけっこう。けれどあなた、なにか勘違《かんちが》いしているのではなくって？　わたくし、わざわざ目下だからといじめるような真似《まね》はいたしません」

「ひどいわ、しらばっくれるつもり!?　たしかに聞いたのよ！　あなたがノアちゃんのことを、『見苦しい』って言うところ！」

アマルダの反論に、リディアーヌ様は「フン」と鼻で笑う。

今どき、舞台《ぶたい》役者でもやらないような、典型的すぎる悪役ムーブである。

「見苦しいものを見苦しいと言ってなにが悪いのかしら」

あっ、こっちも駄目だこりゃ。

「本当のことを言うのがいじめだと言うのなら、けっこうよ。わたくし、言い訳などするつもりはありませんわ。文句があるのなら——」

「いやいやいやいや！」

さらに言い募《つの》ろうとするリディアーヌ様を、私は思わず荒い声で遮《さえぎ》った。

なにを言う気か知らないが、ろくなことでないことだけはわかる。

そもそも、どうせこの状況《じょうきょう》で言い訳なんて通じるはずがないのだ。

——こうなったら!!

「一回逃げるわよ！　来て!!」

一度離《はな》れて頭を落ち着かせてもらわなければ、話し合いにすらならない。

とにかく強引《ごういん》にでも引き剝《は》がそうと、私はリディアーヌ様の腕を摑んだ。

そのまま力尽くで彼女を引っ張り、呆気《あっけ》にとられるアマルダたちを置いて走り出す。

「待ちなさい！　逃げるなんて、わたくしは——」

制止の声など、もちろん聞く気はない。だって悪化するのは目に見えている。

アマルダとリディアーヌ様。この二人、相性《あいしょう》が悪すぎる！

追いかけてくる神官たちを撒《ま》き、人気《ひとけ》のない建物の裏道を走って、しばらく。

「ま、待ちなさい！　止まりなさい!!」

リディアーヌ様の制止に足を止めたのは、すっかり日も暮れたころだった。

食堂の裏手からは、だいぶ離れた神殿《しんでん》のはずれ。神官たちどころか、人の姿も見えないその場所で、リディアーヌ様はようやく立ち止まった私の手を荒《あら》く振《ふ》り払《はら》った。

「あなた、なんてことをしたの！　わたくしを連れて逃げるなんて……！」

「なんてことって言われても……」

我《われ》ながら最善手だったと思っている。

どうせあの状況では、どんな言い訳も通じないのだ。

「今のわたくしをかばうなんて、あなた、やっぱり大馬鹿だわ！　余計なことをしなくても、わたくしは一人で平気だったのに！」

「いや無理でしょ」

ぽろっと口から漏《も》れるのは本音である。

どう考えても、リディアーヌ様があの場を切り抜《ぬ》けられたとは思えない。あのまま放《ほう》っておけば、悪役にされて神官たちから説教をされていただろう。

「無理なんかじゃないわ！　わたくしは今までも、ずっと一人でやってきたのだもの！」

だが、彼女は思いがけず強い言葉で否定する。

「あなた、せっかくアマルダ・リージュの親友なのよ？　わたくしに関わって、わざわざ自分の立場を悪くするなんて、愚《おろ》かとしか言えないわ。神殿に居場所がなくなる前に、今すぐ謝ってきなさい！」

「まさか！　どうして私がアマルダに謝らないといけないの！」

リディアーヌ様の言葉に、私は断固として首を横に振った。

聖女を押し付けられ、婚約破棄《こんやくはき》の原因まで作った相手に、どうしてこっちが頭を下げなきゃいけないのだ。

「どうしてって……！　あなた、この神殿にいられなくなってよ！」

「神殿にいられなくなる？」

むしろ私には嬉《うれ》しいことなのでは？

と不謹慎《ふきんしん》に思う私に、リディアーヌ様は首を横に振る。きつい目つきで肩《かた》を怒《いか》らせ、彼女は両手を握《にぎ》りしめた。

「アマルダ・リージュは最高神の聖女よ。あの子に逆らって、この神殿に居場所があると思わないことね。みんなあの子の味方なんだから、孤立《こりつ》したって知らないわよ」

ツン、と顎《あご》を反らして言い捨てるリディアーヌ様に、私もようやく合点《がてん》がいく。

なるほど、言ってしまえばいつも通りのアマルダだ。

伯爵家《はくしやく》にいたころからそう。アマルダはみんなに好かれていて、アマルダに反発する私や姉は悪役扱《あつか》い。姉が婚約破棄されたときだって、「アマルダは悪くない。お前はアマルダに嫉妬《しっと》しているだけだ」と、腹を立てる姉の方が責められたくらいだった。

似たようなことが神殿でも起こっているのだろう。うっかりアマルダに嫌《きら》われてしまえば、理由はどうあれそっちが悪者。特に今のアマルダは最高神の聖女だから、悪者扱いされた時点で立場もなくなるのかもしれない。

――なるほどなるほど。

「だからどうしたってのよ」

私は腕《うで》を組み、はっと鼻で息を吐《は》き出した。

「どうせ、私の立場なんて最初からないも同然だわ。だって序列最下位で、しかも代理の聖女だものね！」

今の私に、これ以上落ちる立場もなにもない。

それもこれも、すべてはアマルダが原因。だったらむしろ、逆らっておかなければ損である。

「そもそも私、アマルダと友達じゃないわよ！　敵よ、敵！」

これで嫌われるなら本望《ほんもう》。さっさと嫌《きら》って、今後は関《かか》わり合いにならないでほしい。

荒く鼻息を吐く私を、リディアーヌ様はしばし無言で見つめていた。

それから――一つ頭を振ると、重たく、深く息を吐く。

「……あなた、損をする性格ではなくって？」

「リディアーヌ様に言われたくないんですけど!?」

私も要領が良いとは言えないが、少し話しただけでリディアーヌ様の方が輪をかけて不器用だとわかる。

よくも人に言えたものだ、と思う私に、彼女はツンと顎を反らした。

「『様』はいらないわ。――アマルダ・リージュの言う通りよ。この神殿において、聖女はみな同じ立場。外の身分に左右されることもないわ」

高慢《こうまん》そうに顎を上げつつも、彼女の口元には笑《え》みが浮《う》かぶ。

夜の風が吹《ふ》き抜ければ、ふわりと彼女の髪《かみ》を揺《ゆ》らした。

あわく照らす月の下、胸を張る彼女に、私は無意識に息を呑《の》む。

これまでのきつい表情が今は少しだけ薄《うす》れ、かすかに目を細める彼女は、美しくて――なによりも、気高い。

「誰《だれ》が偉《えら》いわけでもなく、誰が劣《おと》っているわけでもない。みながみな、神聖なお方に仕える資格を持った者たちよ」

リディアーヌ様の声が、夜の空に流れていく。

落ち着きのあるその響《ひび》きに、私は思わず――。

「わたくしのことは好きに呼びなさい。敬語も要《い》らないわ。わたくしも、あなたを――」

ぐう、と腹を鳴らしてしまった。

やってしまった。やってしまった！　やってしまった……!!

──うわあああああ……!!

と嘆《なげ》きを口にすることさえ、今の空気では許されない。

リディアーヌ様の言葉が止まり、周囲に恐《おそ》ろしいまでの静寂《せいじゃく》が訪《おとず》れる。

「…………」

「…………」

無言のまま見つめ合うこと、しばらく。

生きた心地《ここち》のしない、長い長い沈黙《ちんもく》のあとで、リディアーヌ様が肩を震《ふる》わせた。

「エレノア！　あなた、馬鹿《ばか》にしているの⁉」

馬鹿にしていない。

なんて言える雰囲気《ふんいき》では、もちろんない。

「わたくしの言葉をお腹《なか》の音で遮るなんて、そんなふざけたこと許されないわ！」

来なさい！　と言うと、今度は彼女が、有無《うむ》を言わさず私の腕を摑《つか》んだ。

死んだ目をしてリディアーヌに連行されたあと。

処刑《しょけい》すらも覚悟《かくご》していた私は、現在。

「あ──!!　美味《おい》しい!!」

天国にいた。

私が連行されたのは、アドラシオン様の屋敷《やしき》内にある食堂だった。

神様の部屋よりも広い食堂には、ずらりとごちそうの山が並ぶ。

みずみずしいサラダ、具だくさんのスープ、分厚いステーキに山盛りのポテト。白いパンはふわふわで、バターもジャムも塗《ぬ》り放題だ。

味はもちろん申し分ない。むしろ伯爵家の食事よりずっと美味しい。並の貴族では味わえない、王家もかくやという食事に、はしたなくも食べる手が止まらなかった。

「もっと欲しいなら言いなさい。遠慮《えんりょ》なんて似合わない真似《まね》はしないことね。わたくしをかばったせいで食事を摂《と》れなかった、なんて言いふらされたらたまらないわ！」

食事に夢中の私の横では、リディアーヌがきつい口調で言いつつも、レモン水の入ったグラスを渡《わた》してくる。

「でも、調子に乗って食べ過ぎないことよ。食後にはデザートもあるんだから！」

やったー！　至《いた》れり尽《つ》くせり！

至れり尽くせりついでに、この食堂に来る前に『そんな汚《よご》れた格好で部屋に上がらないでちょうだい！』と屋敷の風呂《ふろ》に放《ほう》り込まれ、『そんな貧相な服はこの場所に相応《ふさわ》しくないわ！』と服まで着替《きが》えさせられている。

服は汚れたリボンごと没収《ぼっしゅう》されて、『もう着ない服だからあなたに差し上げてもよくってよ』と上位聖女用の上等な服をもらうことになってしまった。

さすがにそこまでは申し訳ない――と恐縮《きょうしゅく》したのも束《つか》の間。

美味しいものを食べたら、遠慮なんてすっかり飛んで行ってしまった。

「さすがアドラシオン様のお屋敷。あるところにはあるものね……！」

やわらかな白パンを千切りつつ、私は妬《ねた》み半分に感嘆《かんたん》の息を吐く。

ここ最近、ずっと固いパンばかりだっただけに、このやわらかさに涙《なみだ》が出そうだ。

――もちもちで、しっとりして……乙女《おとめ》の柔肌《やわはだ》みたいで……。

神様みたいな手触《てざわ》りのパンだ――と思ったところで、はたとパンを千切る手が止まる。

一度考えてしまうと止まらない。もちもちのパンから連想するのは、同じくもちもちの黒い姿だ。

毎日、私と半分にわけた固いパンしか食べられない、彼にも――。

「……神様にも食べさせてあげたいわ」

「よくってよ」

ぽつりとつぶやいた私の言葉に、間髪《かんはつ》を容《い》れず返事が来る。

驚《おどろ》いて顔を上げれば、紅茶のセットを持ったリディアーヌが私の真横に立っていた。

「どうせ、わたくしたちだけでは食べきれない量だもの。要らないと言っても神殿《しんでん》が寄越《よこ》してくるのだから、処理に困っていたところよ」

言いながらも、リディアーヌは自らカップに紅茶を注いでいく。

きつい言葉や態度とは裏腹に、妙《みょう》に丁寧《ていねい》で手慣れた仕草だ。

「パンでもスープでも、好きに持って行きなさい。どうせ余って子どもたちに押し付けていたものよ。押し付ける相手が増えたなら、わたくしも捨てる手間が省けるわ」

――……ふうん。

憎《にく》まれ口には似合わない、やわらかな紅茶の香《かお》りが食堂にふわりと広がっていく。

思えば広い屋敷なのに、給仕《きゅうじ》をしてくれたのはリディアーヌ自身だ。

他《ほか》の聖女たちと異なり、使用人を招き入れている様子もない。

――屋敷も食事も、羨《うらや》ましいと思ったけど……。

もしかしてこの豪華《ごうか》さは、リディアーヌにとって本意ではないのかもしれない。

アドラシオン様の立場上、神殿が押し付けてくるのは断れないけれど、捨てるには忍《しの》びない。だから貧しい子供たちに分け与《あた》えていた――ということなのだろうか。

それも『今日もありがとう』と言われるあたり、気まぐれなんかではなく、ずっと続けてきたのだろう。

――素直《すなお》じゃないわ。

「――なによ！」

まだなにも言っていない。

「そんな顔して、なにか言いたいことでもあって!?　はっきり言いなさい！」

どんな顔をしていたのかと頰《ほお》を撫《な》でれば、口元がにやついていることに気付く。

誤魔化《ごまか》そうと表情を引き締《し》めてみるが、どうにもうまくいかない。

――まあ、いいわ。

表情を取り繕《つくろ》うのをあきらめると、私はにやけた笑みを浮かべたままリディアーヌを見上げた。

「くれるって言うなら、ありがたくもらうわ。ありがとう、リディアーヌ」

私の言葉に、素直でないリディアーヌは顔をしかめ――かすかに頰を赤らめた。

「べ……っ！　別に、お礼を言われることではないわ！　要らないものを押し付けているだけよ！　そ、それに、『好きに持って行きなさい』と言ったけれど、ちゃんとお客様の分は残してもらわないと……！」

いや、いくら私でも、ここの食べ物を根こそぎ持っていくつもりはない。

ないけど――今、少し引っかかる単語が聞こえた気がする。

「……お客様？」

神々の――それも、序列二位のアドラシオン様の住まう屋敷に、客人？

もちろん、神々の屋敷を訪ねる者はいる。アドラシオン様ともなれば、祈《いの》りに来る神官や参拝客も少なくないだろう。

だけどそれは昼日中。神殿が門を開けている時間帯のことだ。

夜、しかも食事までふるまうとなると、相当に特別な相手のはず。

――一体誰が……？

疑問に首をひねった、そのときだった。

「――リディ！　腹減った！　なんか食い物くれ!!」

食堂の扉《とびら》が不意に開かれ、無遠慮《ぶえんりょ》な声が響き渡る。

アドラシオン様ではありえないような、粗暴《そぼう》かつ生意気な口ぶりは、非常に不本意ながら聞き覚えがあるものだった。

「なんだよ、誰か来てるのか？　珍《めずら》しい――って」

嫌《いや》な予感に振《ふ》り向いた私と、生意気な声の主の視線が合う。

目に入るのは、光り輝《かがや》く白金の髪《かみ》。ナイフのように鋭《するど》い美貌《びぼう》。そして、それを台無しにする、生意気・失礼・腹立たしいと三拍子《さんびょうし》そろった表情。

目を見開く私に、彼もまた息を呑《の》み――。

一瞬《いっしゅん》の沈黙《ちんもく》のあと、ほとんど同時に叫《さけ》んだ。

「お前、あのときの暴力聖女!!　なんでお前がここにいるんだよ!!」

「なんでこんなところにいるんですか！　ルフレ様!!」

「はー⁉　人のメシをたかりに来るとか、お前プライドないのかよ‼」

「それ、ルフレ様にもまったく同じこと言えますよ！　神殿に居場所がないからって、アドラシオン様の屋敷にいるなんて、つまり単なる居候《いそうろう》ですよね⁉」

「いいだろ別に！　他の神だってやってることだし！　部屋なんていくらでも余ってんだし！　メシもいくらでもあるし！」

「食事どころか部屋までたかるって、私よりタチ悪いじゃないですか‼」

食堂から場所を移し、現在は応接室。

リディアーヌの淹《い》れた紅茶を片手に、私はルフレ様と言い争っていた。

同レベルの醜《みにく》い争いに、リディアーヌは知らん顔だ。我《われ》関せずと優雅《ゆうが》に紅茶を飲む彼女の横で、私はルフレ様と睨《にら》み合う。

「だいたいあなた、ご自分の屋敷があるでしょう！　そっちに戻《もど》ってくださいよ！」

「絶対やだね！　ここはアドラシオン様の気配があるから、俺の神気が誤魔化《ごまか》せるんだよ！　じゃなかったら、またあの女に追われるだろ！」

あの女とは、言うまでもなくロザリーのことだ。どうやらアドラシオン様の屋敷《やしき》は、ルフレ様のように聖女と相性《あいしょう》の悪い神々の避難所《ひなんじょ》になっているらしい。

それ以外にも、普段《ふだん》は神殿を離《はな》れていて姿を見られたくない神、なんらかの事情で顔を出せない神なども集まっていて、『お客様』は多いという。

それだけ、人と関《かか》わりたくない神が増えてしまっているのだ——と神妙《しんみょう》な気持ちになってしまうけれど、それはそれ。

私としては、ルフレ様にはぜひとも積極的に関わっていただきたいのである。特に、ご自分の聖女と。

「あなたの聖女のせいで、こっちはひどい目に遭《あ》ったんですよ！　責任持って追われてください！」

「俺の聖女じゃないって言ってるだろ！　もう関わりたくねーんだよ！」

けっ！　と吐《は》き出すと、ルフレ様はリディアーヌの用意したタルトに荒々《あらあら》しくフォークを突《つ》き立てる。

同じく私も、怒《いか》り任せにタルトを口に放《ほう》り込む。

次の瞬間、怒りも忘れて口を押さえた。

「わ！　美味《おい》しい！」

甘いけど甘すぎないクリームと、果実の酸味が心地好《ここちよ》い。

タルトの生地《きじ》はざっくりとした歯触《はざわ》りなのに、口に入れるとほろほろと崩《くず》れていく。

まるで溶《と》けるような美味しさに、思わず感嘆《かんたん》の息が漏《も》れた。

「こんな美味しいタルト、はじめてだわ……！」

「そ、そうかしら？」

感心する私の言葉に反応したのは、すまして紅茶を飲んでいたリディアーヌだ。

「べ、別にたいした品ではなくってよ。そ、そんなものを美味しいなんて……」

などとごにょごにょ言いながら、彼女は私たちを横目でちらちら窺《うかが》い見る。

そのくせ、目が合うとさっと避《よ》ける。この態度は、もしかして……。

「ほんと素直じゃねーよなあ。自分が作ったって言えばいいのに」

「やっぱり！」

「遅《おそ》くまで働くアドラシオン様に甘いものを差し入れするために、ずーっと練習してたんだよなあ。でもあの方、鈍《にぶ》いから気付かなくて」

「リディアーヌもどうせ自分で言わないだろうから、知らないままなのね！」

それできっと、味の感想も聞くことができずにいたのだ。だからこそ、タルトを食べた私たちの反応が、気になって仕方がなかった、ということなのだろう。

——なるほどなるほど。

さっきまで喧嘩《けんか》をしていたことも忘れ、私はルフレ様と頷《うなず》き合う。

そのまま二人でリディアーヌに目を向ければ、彼女は無言で唇《くちびる》を噛《か》み締めた。

視線は逃《に》げるように周囲をさまよい、手は所在無く上下し——しかし、結局、耐《た》え切れなかったらしい。ぐっと両手を握《にぎ》りしめ、私たちを睨みつけた。

「な……なによ！　文句があって!?」

「文句はないけど」

「なー」

「もう！　こういうときばっかり息が合って!!」

からかう私たちに、リディアーヌがたまらず立ち上がる。

顔を真っ赤にして、肩《かた》を怒らせ、彼女は私たちに摑《つか》みかかろうと手を伸《の》ばした――ちょうどそのとき。

「……………驚《おどろ》いた」

ガチャリと応接室の扉が開き、冷たいくらいに淡々《たんたん》とした声が響《ひび》いた。

ちょうど立ち上がったリディアーヌの背後。扉の前に立っているのは、この屋敷の主人だ。

身の竦《すく》むような冷徹《れいてつ》な目と、端整《たんせい》だけど硬質《こうしつ》で、感情の見えない美貌。

なにより、人間らしい表情を一切《いっさい》見せない――はずのアドラシオン様が、部屋の中の光景に、少し戸惑《とまど》った様子で瞬《まばた》いていた。

「リディアーヌが客を連れてくるなど珍しいと思ったが――」

言いながら、彼は順に部屋にいる私たちを見る。

タルトを手に、リディアーヌをからかう私、はやし立てるルフレ様。

それから、立ち上がったまま凍《こお》り付くリディアーヌを見て――彼はごく自然に、口元に小さな笑《え》みを浮《う》かべた。

「まさか、あのお方の聖女だったとは。友人になったのか、リディ？」

冷徹《れいてつ》、厳格、容赦《ようしゃ》のない性格で、同じ神々からも恐《おそ》れられているはずの神は、そう言ってリディアーヌに優《やさ》しく微笑《ほほえ》みかけた。

——アドラシオン様も、こんな顔をなさるのね……!?

意外過ぎて、私は言葉も出なかった。恐ろしさで知られる神の微笑みとは、想像以上の破壊力《はかい》がある。

こんな顔を、いつもリディアーヌは見ているのだろうか——と思う私の横で、ようやくリディアーヌは動き出す。

ギギギ、と重たげにアドラシオン様を振り返ると、彼女は大きく息を吸い——。

「ゆ、友人なんかじゃありませんわ！　勝手に勘違《かんちが》いなさらないで！」

今日一番にツンとした態度で突き放した。素直《すなお》じゃなさすぎる。

「……友人ではないのか」

対するアドラシオン様は、どことなく残念そうだ。しゅんと一度目を伏《ふ》せると、息を吐いて再び室内に目を向ける。

その視線が向かう先は、私である。先ほどまでリディアーヌに向けた視線とは打って変わって冷たい目に、危《あや》うく喉《のど》から悲鳴が出かかった。

どうやら、彼の優しい表情はリディアーヌ限定らしい。

「それなら、どうしてお前がここにいる？」

「え、ええとですね……」

アドラシオン様の声は抑揚《よくよう》が薄《うす》く、感情が見られない。

たぶん、責められているわけではないのだろう。そうとわかっても彼の低い声に、自然と体が強張《こわば》った。

それでも、どうにか問いに答えようと、私は重たい口を開く。

「食堂の裏手で、リディアーヌが他《ほか》の聖女に――もが!?」

「――たまたま会って、空腹と言うから連れて来ただけです!!」

だけどその口を、横から伸びたリディアーヌの手がふさいだ。

突然《とつぜん》のことに「もがもが!?」と抗議《こうぎ》する私を、彼女はきつく睨みつける。

「黙《だま》っていて！」

私の耳元で囁《ささや》くのは、有無《うむ》を言わさぬ強い言葉だ。

「アドラシオン様に余計なことを言わないで！」

「もが！　……よ、余計なことって……？」

どうにかリディアーヌの手から逃《のが》れた私は、言われた言葉に眉根《まゆね》を寄せる。

声は彼女につられ、ついつい内緒話《ないしょばなし》のように小さくなっていた。

「アドラシオン様に言った方がいいんじゃないの？　他の聖女が、あなたに嫌《いや》がらせしていたこと」

「必要ないわ！　これくらい、わたくし一人でなんとかできるもの！」

「なんとかできるって言っても……」

「アドラシオン様はお忙《いそが》しい方なの。こんな些《さ》末《まつ》なことに関わっている時間はないの！」

訝《いぶか》しむ私に向け、彼女は頑《がん》として首を振《ふ》る。

「わたくしのことは、わたくしで片付けるわ。お手を煩《わずら》わせる必要なんてない」

私にだけ告げる彼女の声は、妙《みょう》に力んでいた。

気負ったように強く、低く――だけどかすれて、かすかに震《ふる》えている。

「わたくしのことで、彼に迷惑《めいわく》をかけたくないのよ……！」

彼女はそう言うと、これまでの強気さの影《かげ》もなく、耐えるようにぐっと唇を噛みしめた。


『――リディがあんなに楽しそうにしているのは、久々に見た』

屋敷《やしき》の去り際《ぎわ》。アドラシオン様はそう言って、持ちきれないくらいのパンやチーズ、果物などの食料を渡《わた》してくれた。

それは良《い》い。食料難の続く現在、これほどありがたいことはない。

『また来るがいい。お前なら歓迎《かんげい》しよう』

こう言ってくれたのもありがたい。態度はやっぱり威圧《いあつ》的だけど、親切にしてくれているのはよくわかる。

だけど――。

『夜道は暗い。神殿《しんでん》内とはいえ、一人歩きは不安だろう。荷物もあることだし、ルフレに送ってもらうといい』

これは余計な一言過ぎた。

アドラシオン様の屋敷を出て、宿舎へ向かう帰り道。

すっかり人通りも絶え、静寂《せいじゃく》の満ちる夜道に、ふたつの声が響き渡る。

「なんで俺が、お前を送って行かなきゃなんねーんだよ！　勝手に一人で帰れよ！」

「私だって頼《たの》んでないですよ！　文句ならアドラシオン様に言ってください！」

「俺がアドラシオン様に文句言えるわけねーだろ！」

偉《えら》くもないことを偉そうに言って、ルフレ様は「ふん！」と荒《あら》く息を吐《は》く。

食料の詰《つ》まったバスケットを抱《かか》えて歩く彼は、いかにも不本意そうだった。

「だいたい、お前なんか誰《だれ》も襲《おそ》わねーよ！　顔と性格考えろよ！」

「ルフレ様よりマシな性格していると思いますけどね！　ご自分こそ、人に言う前に性格直したらどうですか!?」

「はー!?　俺の性格が悪いって言いたいのかよ！　俺は本当のこと言ってるだけじゃねーか！」

周囲に街灯はなく、空にある月明かりだけが周囲を照らす。

この暗さの中でも、ルフレ様のまばゆい白金の髪《かみ》だけは鮮《あざ》やかだ。

むしろ暗いからこそ、光の神たる彼の美しさが際立《きわだ》って見える。

「図星だからって怒《おこ》ってんじゃねーよ！　性格ブス！　顔もブス！」

だが、見た目以外は最悪である。

もはや神への尊敬など完全に忘れ、私は死ぬほど生意気な顔を睨《にら》みつけた。

「図星を指されたのはそっちでしょう！　性格ブスって、その言葉そっくり返すわよ！」

「敬語忘れてんじゃねーよ！　俺は神だぞ、神!!」

「神らしく扱《あつか》われたいなら、それなりの態度をとることね！」

「なんだと!!」

「なによ!!」

ギッと互《たが》いに顔を見合わせ、少しの間。先に顔を逸《そ》らしたのはルフレ様だ。

私の睨みに怖気《おじけ》づいた、なんてことはもちろんない。相も変わらずの生意気さで、彼はバスケットを抱えたまま伸《の》びをした。

「あーあ！　こいつと結婚《けっこん》する婚約者、マジかわいそう！」

そっぽを向いて口にするのは、大きすぎる独り言だ。

半笑いの表情を浮かべ、わざと私に聞こえる声で、彼は空に向けて語り掛《か》ける。

「こんなやつの結婚なんて、絶対うまくいかねーよ。だって男なら、もっと大人しくて可愛《かわい》い子が良いに決まってるからな！　本心じゃ、さっさと婚約なんて破棄《はき》して、他の子と――」

「されたわよ」

口から出たのは、自分でも思いがけない強い声だ。

言葉を遮《さえぎ》られたルフレ様が、「え」と口の中でつぶやく。

「婚約破棄、されたわ。……もっと大人しくて、可愛い子のおかげでね」

「あ……えっと……マジかよ……」

ルフレ様の顔から笑《え》みが消える。虚《きょ》をつかれたように瞬き、言葉を探して視線をさまよわせる彼に、先ほどまでの勢いはない。

落ち着かない様子でバスケットを抱え直し、彼はおそるおそる私を窺《うかが》い見た。

「……わ、悪かったよ。俺、そんなつもりじゃなくって……」

「いいわよ、別に」

珍《めずら》しく神妙《しんみょう》なルフレ様を横目に、私は「フン」と複雑な息を吐く。

実際のところ、なにも良くはない。だけどまあ、彼のこの顔を見られただけで、いくらか溜飲《りゅういん》は下がった。

「ルフレ様のせいではないもの。私が大人しくないのも、可愛くないのも事実だし」

「そ、そんなこと……！　ちょっと言い過ぎただけで、そこまでじゃ――」

「もちろん、大人しくしているつもりもないし！」

ごにょごにょ口ごもるルフレ様をよそに、私はこぶしを握《にぎ》りしめる。

ルフレ様が反省したというなら、これ以上彼に文句を言うつもりはない。

それより大事なのは、この先エリックをどう泣かせてやるかということである。

「可愛くなくて結構！　一方的に婚約破棄したこと、後悔《こうかい》させてやるんだから！　大人しくも可愛くもない相手を敵に回したらどうなるか、思い知るがいいわ！」

涙《なみだ》ながらに首を垂《こうべ》れ、『婚約破棄を取り消させてください！』と縋《すが》りつくエリックを想像し、思わず「くく……」と邪悪《じやあく》な笑みが漏《も》れる。

ここで力関係が決まれば、今後の結婚生活も安泰《あんたい》というもの。アマルダにコロッと騙《だま》されたことを、エリックはこの先ずっと悔《く》やみ続けるだろう。

そんな未来への期待に握りこぶしを作る私を見て、ルフレ様が小さく息を吐く。

「……なんだ」

ぽつりとつぶやくと、彼はくしゃりと表情を歪《ゆが》めた。

ほっとするような――妙に安堵《あんど》したような表情、のように思えたけど、実際のところはわからない。

ルフレ様が、まるで今の表情をなかったことにするように、ぶんぶんと首を振ったからだ。

「なんだよ、お前！　ぜ、ぜんぜん元気じゃねーか！　婚約破棄されてその態度って、お前の性格どうなってんだよ!!」

続けざまに向けられた罵《ののし》り声には、先ほどまでの殊勝《しゅしょう》な態度などかけらもない。顔にはいつもの生意気さが戻《もど》っていて、そのうえ言葉は顔以上に生意気だった。

「普通《ふつう》、もっと落ち込むだろ！　泣いたり、へこんだりするだろ!?　そんなんだから、可愛くねーんだよ！」

「悪かったわね！　これでも人並みに落ち込んではいたのよ！」

ルフレ様の声に釣《つ》られ、私もついつい怒《ど》鳴《な》り返す。

私だって、婚約破棄になにも思わなかったわけではない。

悔《くや》しくて、腹が立って、落ち込んでいた。どうせ私は可愛くない。アマルダと私なら、そりゃあアマルダを選ぶわよ！　――と、やさぐれていたけれど。

「……でも、慰《なぐさ》めてもらっちゃったもの」

すっかり荒《あ》れて、やけくそになっていた私の話を、聞いてもらった。

私の憧《あこが》れを、笑わずにいてくれた。

悲しくて悔しい気持ちを、否定しないでくれた。

――笑い飛ばしてくれたってよかったのに。

あんな風に、真面目《まじめ》に言われてしまっては、いつまでも落ち込んでなんていられない。

「慰められたからには、こっちも元気を出さなきゃだわ！　前向きに、元気に――徹底的《てってい》に、ひねりつぶしてやるんだから！」

「ひねりつぶすって！　こわっ！」

気合を入れる私に、ルフレ様がぎょっと後ずさる。

怯《おび》えたように距離《きょり》を取りつつも、しかし口から出るのはやはり腹の立つ罵倒《ばとう》である。

「どこのどいつだよ、こいつを慰めたアホは！　まさか男じゃないだろうな!?　物好きすぎるぞ！」

「物好きで結構！　それ以上言ったら、あなたもひねりつぶすわよ！」

そう言いながらも、心の中ではすでにきゅっと首をひねっている。

この神、いずれエリックともども泣かせてやらなければなるまい。

「いいじゃない！　物好きでもなんでも、私が嬉《うれ》しかったんだもの！」

だけど今は、ひねりつぶす代わりに両手を握りしめ、私はぐっと唇《くちびる》を噛《か》む。

私だってわかっている。神様は物好きでもなんでもない。優《やさ》しくて真面目な彼が、ただ彼らしく慰めてくれただけ。

私が特別なわけじゃない。他《ほか》の誰が悩《なや》んでいたとしても、たぶん私にしたのと同じように、彼は真剣《しんけん》に答えてくれるのだ。

それでも、私にとっては特別だった。

私自身でさえ笑ってしまうような憧れを、笑わないでいてくれた。

それは本当に、本当に特別なことだったのだ。

「あんな風に言ってもらえたの、はじめてなんだから……!!」

思いがけず力の入った声が、夜の神殿《しんでん》に響《ひび》き渡《わた》る。

どうせ、またからかわれるのだろう、と覚悟《かくご》したけれど、次の言葉は返って来ない。

代わりに、耳に痛いほどの静寂《せいじゃく》と、風の音だけが響く。

——ルフレ様?

どうしたのかと顔を上げれば、無言で瞬《まばた》く彼と目が合った。

いつもの馬鹿《ばか》にした笑みはなく——端整《たんせい》な顔に浮《う》かぶのは、どこか虚をつかれたような、戸惑《とまど》ったような表情だ。

「……な、慰められて嬉しかったって」

だが、その表情も一瞬《いっしゅん》だ。彼はすぐに私から顔を逸らし、不機嫌《ふきげん》そうに口を曲げる。

「なんだよその顔……!　馬鹿じゃねえの、単純女!　アホ面《づら》しやがって!」

「は、はあ!?」

やっぱりルフレ様はルフレ様である。いずれではなく、今この瞬間、ひねりつぶしてやらねばなるまい。

……なんて物騒《ぶっそう》な考えは、ルフレ様の次の言葉で、一瞬にして吹《ふ》き飛んだ。

「お前、そんな顔して……そ、そいつのこと、好きなのか？」

えっ。

……えっ？


今朝のエレノアは、いつにも増して元気だった。

「――パン!!」

「はい？」

開口一番の言葉に、部屋でまどろんでいた彼の目も覚める。いや、それ以前にバタバタと駆《か》け込んでくる足音に、そもそも眠気《ねむけ》など消えていた。

「パンです！　いつもの固いやつじゃなくて、おいしいやつ！　もらってきたんです！」

はあ、と彼は戸惑いながら相槌《あいづち》を打つ。

目のない彼にエレノアの姿を見ることはできないが、言われてみればたしかに、あわくパンの香《かお》りが漂《ただよ》っていた。

「それに、チーズと果物も！　今日はお腹《なか》いっぱい食べられますよ！」

「それは……よかったですね」

満足げなエレノアに、彼は正直な感想を述べた。

エレノアが嬉しいならよかった。人間は食べなくては死んでしまうのに、食事量が少なすぎると思っていたから一安心でもある。

おいしいと言うからには、彼女にとって満足のいく食事ができるのだろう。それは決して悪いことではないはずだ。

「……神様」

そう思う彼に、エレノアの声は不満げだ。パンと食事を持って横にやってくると、じとりと彼の体をねめつける。

「食事、あんまり嬉しくないんです？」

「いえ。エレノアさんが嬉しいなら、私も嬉しいですが……」

「そうじゃなくて」

むっとした声は、先ほどよりもさらに不満げだ。

どうしたのかと困惑《こんわく》する彼の体を、エレノアは不機嫌をぶつけるようにつつく。あう。

「神様は嬉しくないんですか？」

「や、やめてください、あうっ……私が？」

「神様のお食事なんですから。おいしいものが良いとか、なにが食べたいとか、やっぱり豪華《ごうか》な方が嬉しいとか、欲しいものとか、そういうのないんです!?」

「欲しいもの……」

ぷるんと一つ大きく揺《ゆ》れたきり、彼はそのまま制止した。

おいしいもの、食べたいもの、豪華なもの。そう言われても、ピンと来るものがない。

エレノアが食べ物に喜ぶ姿は嬉しい。こうして、当たり前に会いに来て、話してくれるのも嬉しい。触《ふ》れられるとくすぐったくて、一緒《いっしょ》に食事をするのは、楽しいと思っている。

だけど――それだけだ。それ以上の感情は、彼の中には見当たらない。

「……特には」

長い沈黙《ちんもく》のあとの答えに、エレノアが苦い顔をした、気配がした。

彼女はその場に腰《こし》を下ろすと、おもむろに籠《かご》かなにかを開き、パンを一つ取りだした。

それを、そのまま彼に向けて差し出す。

「食べてみてくださいよ、おいしいですから」

「………」

目の前に差し出されたパンを、彼はためらいがちに受け取った。

いつものパンと違《ちが》うのは、手に取ってみただけでわかる。やわらかくて、ふわふわとしていて、香《こう》ばしいにおいがする。

そのパンを存在しない目で見つめながら――彼は思わず、ぽつりとつぶやいた。

「…………エレノアさんは、お好きなんですね」

食べることが。

そう続けるよりも先に、エレノアが「げふ⁉」と聞いたこともない珍妙《ちんみょう》な音を立てて噴《ふ》き出した。

―――――

「す、す、好き……好きなんですね……って」

神様の不意打ちに、私は完全に動揺《どうよう》していた。

原因は昨晩の、ルフレ様の言葉である。

私を慰《なぐさ》めた男――つまりは、神様のことを好きなのか、否《いな》か。なるべく考えないようにしていた究極の問いに、私は内心で大いに首を横に振《ふ》る。

――ない！　ないわ！　ありえない‼

隣《となり》で震《ふる》える神様は、だって人の姿すらしていない。

白いパンを戸惑いがちに受け取る姿は、単なる真っ黒な塊《かたまり》である。しかもぷるぷる震えていて、肌触《はだざわ》りは白パンと同じくらいにもちもちだ。

――そりゃあ、優しくて立派な神様だとは思っているわ。慰めてもらったし、それは嬉しかったけど……でも、それとこれとは話が違うじゃない！

婚約者《こんやくしゃ》がいるからとか、そんな話ですらない。そもそも、相手は人間ではないのだ。

——い、いえ、神々はみんな人間ではないけど……！　でも、他《ほか》の神様はみんな人間と同じ姿じゃない！

なのに、神様はこの通り。つつけばぷるんと揺れる奇妙《きみょう》な存在。それが穢《けが》れのせいだとしても、今の神様はやっぱり不思議生物なのである。

——それを好き。好きって……！

「……食べ物の話ですよ？」

「あああ！　た、食べ物！　食べ物ですね!?」

訝《いぶか》しげな神様の言葉に、私は危《あや》うく止まりかけた心臓を手で押さえた。

そりゃあそう、当たり前だ。この話の流れで、神様を好きかどうかの話になるはずがない。そうとわかっていても、心臓が跳《は》ねるのは止まらなかった。

「そ、そうですよね。変な意味じゃない、変な意味じゃないってわかってます……！」

言い訳のように繰《く》り返す私に、神様は小首を傾《かし》げるようなしぐさをする。

黒い体が不思議そうに揺れ、私を映し——それから、おや、とでも言いたげに一つ大きく揺れた。

「エレノアさん？　……最近、なにかありました？」

うに波打つ。

「はい」と答える神様の声は、未《いま》だ動揺の残る私とは裏腹に、ひどく真剣《しんけん》だった。

黒くつるんとした表面が、たしかめるようにまじまじと私を映し込み、どこか苦々しそうに波打つ。

「さ、最近ですか？」

「エレノアさんから、かすかに穢れの気配がするんです」

「私から……穢れの気配、ですか？」

穢れとは人の悪《あ》しき心のことだ。

誰《だれ》かを恨《うら》み、妬《ねた》み、憎《にく》む心が、災《わざわ》いを成す穢れを生み出すのだという。

「……それって、私が悪い感情を抱《いだ》いている、ってことですか？」

まさか、そんな感情に心当たりなんて――ある。しっかりある。

まさしく、今の私はエリックへの恨みを抱いているところなのだ。

「いえ、エレノアさん自身のものではありませんよ」

しかし、神様は体を左右に揺らして否定する。

「人間は大なり小なり、穢れの感情を抱くものです。その身に収まる程度の悪意ならば、さほど問題はありません。問題になるのは、心の中に留《とど》めておけないほど大きな悪意――行き過ぎた恨みや憎しみの感情が、現実を侵食《しんしょく》する穢れを生み出すのです」

「行き過ぎた……」

「心当たりはありますか？」

神様の静かな問いに、反射的に思い浮《う》かべるのは昨日のことだ。

食堂の裏手で生ゴミを叩《たた》き落としたときの、私を睨《にら》みつける、ロザリーの姿。

リディアーヌを害する魔法《まほう》に、憎々《にくにく》しげな視線と——足元で揺らぐ、奇妙な影《かげ》。

「可能であれば、心当たりには近づかないように注意してください。多少の穢れであれば害をなすことはないはずですが、念のため」

黙《だま》り込む私に、神様は相変わらず穏《おだ》やかにそう言った。

「穢れのことであれば、私でも多少はお役に立てるはずです。このことでエレノアさんが困るようなことがあれば、私のもとへ来てください」

声は落ち着いていて、やわらかくて——それでいて、強い。

艶《つや》のある黒い体は、まっすぐに私に向かい、私の姿を映し込む。

まるで、私を見つめるかのように。

「どんな危険な穢れだとしても、私が、必ずエレノアさんを守りますよ」

黒い表面に、私の姿が揺れている。

そこに映る、妙にぎくりとした私自身の表情に、私は慌《あわ》てて目を逸《そ》らした。

「……エレノアさん？」

挙動不審《ふしん》な私を見て、神様が不思議そうに名前を呼ぶ。

「どうされました？　……私、なにか変なことでも言ってしまいましたか？」

「なんでもありません!!」

思いがけず荒《あら》い声が出てしまうが、出てしまったものは仕方がない。

私は大きく首を振ると、誤魔化《ごまか》すようにぎゅっと、神様の体を握《にぎ》りしめた。

「か、神様に頼《たよ》ったりなんてしませんから！　だってそれって、せっかく清めた穢れをまた増やすってことじゃないですか!!」

本末転倒《ほんまつてんとう》！　とその体を引っ張れば、神様はいつも通り、困ったように身を震わせた。


とはいえ、こちらが関《かか》わりたくなくても、相手から絡《から》んでくるのはどうしようもない。

再びロザリーに出くわしたのは、神様の忠告から十数日後。

『食べ物に困っているなら、わたくしの分をわけてあげるわ。ついでに余ったお菓子《かし》も押し付けるけど……あ、味の感想を聞いてあげてもよくってよ！』

というツンデレ――もといリディアーヌの好意に甘え、のこのこ食べ物を受け取りに行ったときのことである。

場所は、ちょうど夕食時の食堂。食事を取りに来る下位聖女や神官たち、お茶や待ち合わせに使う人々で、いつもは閑散《かんさん》としている食堂も珍《めずら》しく賑《にぎ》わっていた。

そんな騒《さわ》がしい食堂の一角で、私はリディアーヌと待ち合わせをし、食料の入ったバスケットを受け取ったところだった。

ちなみに、こうしてリディアーヌから食料をわけてもらうのは、これで通算三回目。

今みたいに食堂で待ち合わせることもあれば、アドラシオン様の屋敷《やしき》まで出向くこともある。おかげでアドラシオン様とも、ついでにルフレ様ともすっかり顔見知りになってしまった――というのは置いておいて。

三度も顔を合わせたとなれば、彼女のツンとした態度にもすっかり慣れたものである。

「いつも悪いわね、リディアーヌ。本当に助かるわ」

「礼なんていらないわ。どうせ余りものよ」

相変わらずの高慢《こうまん》な言葉にも、今となっては腹も立たない。余りものと言いつつ、バスケットから漂《ただよ》うのは焼き立てのパンの香《かお》りなのだ。

それに、日持ちのする食べ物も入れてくれたのだろう。パンと一緒《いっしょ》に、ハムやチーズ、オレンジの香りがする。

……って、うん？　オレンジ？

「き、今日はオレンジのケーキを焼いてみたの。アドラシオン様に差し上げた残りだけど……あ、あなたの感想も聞いてあげるわ」

翻訳《ほんやく》すると、『アドラシオン様がちゃんと美味《おい》しく食べてくれたか不安だから、味の感想を教えてほしい』ということだ。

怒《おこ》ったような険しい表情は、不安と期待が入り混じっているだけ。ツンと顎《あご》を反らした高飛車な態度は、要は単なる照れ隠《かく》しである。

「…………リディアーヌ」

オレンジの香るバスケットを手に、私は大きくため息を吐《つ》いた。

リディアーヌからもらうお菓子は美味しい。わけてもらえるのはありがたい。

だけどそれはそれとして、他人の恋路《こいじ》に巻き込まれる身にもなってほしい。

「いい加減、直接アドラシオン様に聞きなさいよ、それ」

呆《あき》れ交じりに吐き出せば、リディアーヌの険しい顔がますます険しさを増す。

ただでさえ皺《しわ》の寄った眉間《みけん》にさらに力を込め、彼女は悪魔も逃《に》げ出す形相で首を横に振《ふ》った。

これもまた、恋する乙女《おとめ》の表情なのだから、恋というのはややこしい。

「き、聞けるわけがなくってよ、そんな、アドラシオン様を煩《わずら》わせるようなこと！」

「煩わせるって」

「それに、手作りだなんて知ったら……アドラシオン様だって困るでしょう！　て、手を付けてくださらなくなるかもしれないし……！」

「……喜ぶと思うんだけどなあ」

必死に否定するリディアーヌに、ぽろりと漏《も》らすのは本心だ。

リディアーヌに向けるアドラシオン様の態度からして、彼女が恐《おそ》れる結果になるとは思えない。

いったい、なにがそんなに怖《こわ》いのか、と眉《まゆ》をひそめたときだった。

「――ねえ。見て、あれ」

聞こえたのは、ぷっと吹《ふ》き出すような笑い声。

甘ったるいくらいに甘い声が、私たちのすぐ後ろでくすくすと笑っている。

「偽《にせ》聖女同士でつるんでるって聞いて様子を見にきたけど、本当だったのね。しかも今の話、みんな聞いていていて？」

ざわめく食堂の中でも、その笑い声は耳についた。

誰《だれ》の声であるかは、振り返るまでもない。背後でロザリーとその取り巻きたちが、楽しそうに言葉を交《か》わしている。

「アドラシオン様に、手作りのケーキですって。偽聖女が夢見ちゃって、恥《は》ずかしい」

「ええ、ええ、聞いていたわ、ロザリー。偽聖女からそんなものをもらったって、アドラシオン様が喜ぶはずがないのに。ねえ、マリ」

「そうよね、ソフィ。アドラシオン様が、偽聖女なんて相手にするわけないじゃない。身の程《ほど》知らずもいいところだわ」

きっと、わざと周囲に聞こえるように話しているのだろう。甲高《かんだか》い笑い声と聞こえよがしな会話に、食堂内の人たちもなにごとかと振り向く。

集まる視線の大半は好奇《こうき》の目だ。面白《おもしろ》い話をしているのかと耳を傾《かたむ》ける人に、うるさそうに眉をひそめる人。それから――。

「やっぱり、偽聖女は偽聖女ね。神様に相手にされないからって、無能神の聖女なんかに相談するなんて。……それも、こんな隅《すみ》っこでこそこそして。アマルダ様が来るまでは、『アドラシオン様の聖女』だからって、あーんな偉《えら》そうにしていたのに、ねえ？」

私とリディアーヌの姿を見て、ロザリーと一緒にくすくすと笑う人。

さざめきのように広がる嘲笑《ちょうしょう》と好奇の視線に、私は耐《た》え切れずに振り返った。

神様は近づくなと言っていたけれど、ここまでされて黙ってはいられない。

「……ロザリー」

名前を呼べば、すぐ近くの席で目を細めるロザリーと視線が合う。

傍《そば》には取り巻き二人がいて、「きゃっ、こっち見たわ！」「こわーい！」と囃《はや》し立てるが、相手にする気はない。無数の視線や嘲笑にも振り返らず、私はロザリーを睨みつけた。

「あなた、どうしてそんなに突《つ》っかかってくるのよ。『様子を見にきた』って、わざわざ食堂で待ち構えてたってこと？」

おまけに、私たちの会話に聞き耳まで立てていたのだ。

笑い者にするために付け狙《ねら》っていたとしか思えない。

「私たちに恨《うら》みでもあるの？　いつもいつも嫌《いや》がらせして！」

「別に、恨みなんてないわ。恨みを抱《いだ》く価値もないもの」

ふふん、と鼻で笑うと、ロザリーはとぼけた調子で肩《かた》を竦《すく》めた。

「ただ、偽聖女に身の程を教えてあげようと思っただけよ。そうしないと、そこの偽聖女が勘違《かんちが》いしちゃうじゃない？　私たちと違って単なる代用品のくせに、すぐに本物の聖女みたいな顔をするんだから」

「はあ？　代用品って、そんな言い方――」

「でも本当のことでしょう？　アドラシオン様の聖女はただ一人。建国の少女の生まれ変わりだけで、他《ほか》はみんなその代わりなんだから」

言い返そうとする私を、ロザリーが笑みのまま切り捨てる。

もう私の言葉は聞く気がないらしい。彼女は小さく首を振ると、私から目を逸らした。

「アドラシオン様の聖女、ロマンチックよねえ。何度生まれ変わっても、決して変わらない愛なんて」

逸れた視線の向かう先はリディアーヌだ。

ロザリーは両手を握り合わせ、夢見るようにうっとりと目を細め――その態度とは裏腹な、冷たい視線でリディアーヌを射貫《いぬ》く。

「アドラシオン様が愛するのは、生まれ変わりの少女だけ。『代用品』を選ぶことはあっても、そのお心が向くことはないわ。だってあのお方のお心は、数百年より前からずっと、その少女のために捧《ささ》げているのだから。――あら？」

そこでロザリーは、はたと気が付いたように言葉を止めた。

顔に浮かぶのは、わざとらしい驚《おどろ》きだ。口に手を当て、小首を傾《かし》げ、まるで気遣《きづか》うような声音《こわね》で、彼女はリディアーヌに呼びかける。

「さっきからずっと黙《だま》っているけれど、どうしたのかしら、リディアーヌさん？」

――そういえば。

ここまで、リディアーヌからの反論が一度もない。

こういうとき、言われ放題にしているリディアーヌではないはずだ。以前、アマルダと対峙《たいじ》したときだって、どう考えても不利だというのに胸を張って言い返していた。

それなのに、どうしたのだろうと振り返り――私は小さく息を吞《の》んだ。

「かわいそうに。本当のことを言いすぎるのも残酷《ざんこく》だったかしら」

――リディアーヌ……？

彼女は傷ついて泣いているわけでも、言葉もないほどに怒っているわけでもない。

ただ、いつものツンとしたすまし顔のまま、耐えるように唇《くちびる》を嚙《か》んでいるだけだ。

「伴侶《はんりょ》たる神に愛されない聖女なんて、あまりに惨《みじ》めだものね。他に愛する人がいる方を、ずっと想《おも》い続けなければならないなんて、私なら耐えられないわ」

リディアーヌを見る私の背中で、ロザリーが気持ちよさそうに語り続ける。

いつの間にか、食堂は静まり返っていた。今まで聞こえた嘲笑《ちょうしょう》も、取り巻きたちの囃し声さえもない。

食堂に響《ひび》くのは、ロザリーの歌うような声だけだ。

「他の聖女は、みんな愛される悦《よろこ》びを知っているのにね。序列二位の偉大《いだい》な神に選ばれておきながら、自分だけは愛を得られないなんて、どんな気持ちなのかしら」

「……」

私は無言で両手を握《にぎ》りしめた。

それから、大きく深呼吸。気を落ち着けようと胸いっぱいに息を吸うけれど、しかし効果はないらしい。

落ち着かない気持ちと、いっぱいに吸い込んだ息を、私は――。

「どれほど序列の高い神の聖女でも、愛されなければ聖女失格よ。あなたは、まさに『代用品』。しょせんは偽聖女なのよ」

「……あなたもじゃない」

「は？」

「あなたも偽聖女じゃない！　ルフレ様に逃げられているくせに！」

ロザリーに向けて、そのまま全部吐《は》き出した。

「なにが伴侶よ！　あなたなんて宿舎暮らしじゃない！　神様と一緒《いっしょ》に暮らせないくせに、えらっそうに!!」

口にするのは完全な暴露《ばくろ》だ。

本来、聖女は自分の仕える神とともに暮らすもの。ルフレ様の聖女ともなれば立派な屋《や》敷《しき》もあり、よほどの事情でもなければ宿舎にいるはずがない。

宿舎で暮らしているとはつまり、自分の神とうまくいっていない証拠《しょうこ》。だからこそ、以前にもロザリーに口止めをされたのだけど、そんなもの都合よく忘れたことにする。

「ルフレ様なんて、怖《こわ》がってあなたに近づこうともしないのよ。私の部屋でシーツかぶって怯《おび》えてたんだから！　愛されるどころか、代用品未満じゃない、バーカ!!」

「なっ……！」

ロザリーの顔が、見る間に羞恥《しゅうち》に染まっていく。

リディアーヌを貶《おとし》めようと集めた視線は、今はそのままロザリーに向かっていた。くすくすと漏《も》れ聞こえる嘲笑は、私たちではなくロザリーへのものだ。

しかし同情するつもりはない。人前で馬鹿《ばか》にしようとしたのだから、自業自得《じごうじとく》である。

「行くわよ、リディアーヌ！」

未《いま》だ収まらない興奮を鼻から吐き出すと、私はリディアーヌの手を取った。ちらりと戸《と》惑《まど》うリディアーヌの顔が見えるが、迷わない。

「いいから！」

そう言うと、私はぐっと彼女の手を引いた。

そのまま、背を向けて逃《に》げ出そうとする私たちに、ロザリーが慌《あわ》てて声を張り上げる。

「ま、待ちなさい！　どうして知って——いえ！　どういう意味よ！　——ちょっと、止まりなさい！　言い逃げする気!?」

待てと言われて待つ奴《やつ》はいない。もちろん、言い逃げする気満々である。

「どういう意味か知りたければ、愛する神様にでも聞いてみることね！」

三下悪役のような捨て台詞《ぜりふ》を吐くと、私はリディアーヌを連れて食堂を飛び出した。

食堂を離《はな》れ、アドラシオン様の屋敷が近づいたところで、私はようやく足を止めた。

なんだか以前もこんなことがあったな——と思いつつも、違っているのはリディアーヌの様子である。

「……リディアーヌ、どうしたの？」

夕暮れの風が吹《ふ》く道半ば。

静かな木々の囁《ささや》きだけが聞こえる中、私はリディアーヌに振《ふ》り返る。

「なんで言い返さなかったの。あなたらしくもない」

普段《ふだん》のリディアーヌであれば、黙ってはいなかった。まだ付き合いは浅いけれど、それくらいはわかっているつもりだ。

「ロザリーの言うことなんて、全部適当だったじゃない。ルフレ様のことは、あなたの方がよく知っているでしょう？」

ルフレ様が居候《いそうろう》しているのはアドラシオン様の屋敷だ。

彼がロザリーに会おうともしないことは、誰《だれ》よりもリディアーヌが知っている。だというのに、リディアーヌは口をつぐんでなにも言わない。ロザリーが好き勝手に言っていたときも、逃げている最中も、今も。ずっと黙り続けていた。

逃げるときに掴《つか》んだ彼女の手も、私の手に握られたまま。いつもなら「いつまで掴んでいるのよ！」と振り払《はら》われてもおかしくないのに。

「リディアーヌ、ねえって」

「……」

「……ロザリーの言葉、気にしてるの？」

私の呼びかけに、リディアーヌがようやくピクリと反応する。

明るい反応でないことは明らかだ。彼女は唇を噛み、表情を隠《かく》すように下を向く。

「……気にしてなんかいないわ」

口にしたのは、まるで言い聞かせるような言葉だ。

私ではなく、リディアーヌ自身に向けた声が、暗闇《くらやみ》の中に消えていく。

「わたくしは偽《にせ》聖女。アドラシオン様が心から求める相手ではない。それは本当のことだもの」

そこで一度言葉を切り、彼女は大きく息を吸う。心を落ち着かせるように、長く長く息を吸うと――彼女はおもむろに顔を上げた。

「――だから、どうしたって言うの」

口から出るのは、ツンとした声だ。顔はいつも通りのすまし顔。

なんということはないように私を見て、彼女は笑うように口元を歪《ゆが》めた。

「言いたいなら言わせておけばいいわ。わたくしは、わかっていて神殿《しんでん》に来たのだもの」

「わかって……って」

「アドラシオン様の求める少女は、彼が人に生まれ変わったときにのみ生まれ、姿の変わった彼を必ず見つけ出すの」

その話は、私も知っている。アドラシオン様は人に関《かか》わりが深い神ということもあり、その特殊性《とくしゅ》も伝説も広く人々に知られていた。

国に危機があるとき、アドラシオン様は神の座を捨て、人間に生まれ変わる。

生まれ変わる先は、決まって己《おのれ》の子孫である王家の血筋だ。

転生したアドラシオン様には、神としての姿も力もない。ただ神であった残滓《ざんし》のみを力とし、人間として人々を導くのだ。

少女は、そんな過酷《かこく》な運命にあるアドラシオン様の、唯一《ゆいいつ》の拠《よ》り所である。

永遠を持たず、誰もが彼を置いて行く中で、彼女だけは何度生まれ変わっても見つけ出す。誰もが死によって失うはずの記憶《きおく》を忘れず、アドラシオン様の愛をずっと覚えているのだ――という。

「でも、わたくしに前世の記憶なんてないわ。わたくしが生まれ変わりではないことくらい、わたくし自身が誰よりも知っていてよ。そのうえで引き受けた聖女だもの。愛されようなんて思わないわ」

リディアーヌの声は奇妙《きみょう》に明るい。胸を反らした姿は、堂々という言葉がよく似合う。

視線は遠く、私なんて見向きもしない。

ただ遠く、一点だけを見つめている。

「知っていて？　わたくし、あの方から『ともに神殿を正そう』と言われて聖女になったのよ？　国も神殿の状況《じょうきょう》は知っていて、けれど今の神殿には国さえも手が出せないから――内側から、どうにか変えられないかと、国がわたくしを送り出したの」

「…………」

「でもね。わたくしがここにいるのは、国のためではないわ。ただ、あの方のために神殿に来たのよ。あの方のお役に立つ、そのためだけに」

気丈《きじょう》な赤い瞳《ひとみ》が映すのは、ひとつだけ。

遠く影《かげ》の見える、アドラシオン様の屋敷だけだ。

「愛されなくても構わない。ただ少しでも、わたくしが重荷を支える手助けをできれば、それで良かった――そう思っていたのに……！」

その気丈な瞳は、だけど少しずつ揺《ゆ》らいでいく。

振りほどかれなかった手は、今も私と繋《つな》がったまま。今は彼女の方が、痛いくらいに強く握り返していた。

「わたくしは、あの方の期待に応《こた》えることもできなかったわ！　それしかわたくしにはできないのに！　アマルダ・リージュが来てからは、もう誰もわたくしの言葉なんて聞いてくれない……！」

そこまで吐《は》き出してから、リディアーヌははっとしたように口をつぐんだ。

きっとこんな弱気な言葉なんて、言うつもりはなかったのだろう。

戸惑うように一度瞬《まばた》いてから、彼女は苦々しそうに私から顔を逸《そ》らした。

「……愛されないことが悲しいのではないのよ。だってはじめからわかっていたもの」

だけど、その目の端《はし》。かすかに滲《にじ》んでいるものは隠せない。

彼女は潤《うる》む瞳を誤魔化《ごまか》すように――うつむくまいとするように、天を仰《あお》ぎ見る。

空にあるのは、宝石を散らしたような星々だ。

よく晴れた、雲ひとつない星空の下。春らしくない冷たい風が、彼女の黒髪《くろかみ》をさらう。

「ただ、お役に立てないことが悔《くや》しいの」

遠い空に、届かぬ想《おも》いを告げるように、リディアーヌは震える声をこぼした。

満天の星に、白い横顔。風に流れる髪が、はっとするほど胸を摑む。

それはまるで、一枚の絵画のような光景だった。

「……ねえ、ちょっと聞きたいのだけど」

しかし、その絵画に余計なものが割り込んでくる。

なにを隠そう、私である。

リディアーヌの横顔を見つめつつ、ついつい私が口にしたのは――。

「リディ、あなたって、友達いたことないでしょう」

我《われ》ながら、あまりにも場違《ばちが》いで、あまりにも空気の読めない発言だった。

春にしては冷たい夜。周囲の空気はさらに冷たく、一瞬凍《いっしゅんこお》り付いた気さえした。

涙《なみだ》も引っ込んだのか、リディアーヌがものすごい顔でこっちを見ている。

「…………わたくしを馬鹿《ばか》にしているの？」

「い、いや！　そういうわけでは……！」

「なら、話を聞く価値もないということ？……いえ、そうね。勝手に話し出したのはわたくしの方だわ」

目尻《めじり》をさりげなく拭《ぬぐ》うと、リディアーヌは感情も消し、すました顔を作り直す。

どことなく仮面めいた表情で口にするのは、突《つ》き放すような冷たい声だ。

「別にあなたに聞いてもらう必要もなければ、あなたが聞く義理もないもの。馬鹿なことを口にしたわ。忘れなさい」

「そうじゃなくて——ああもう！ そういうところ！」

弱気さをすっかり隠し、いつものツンとした態度を取り戻《もど》してしまったリディアーヌに、私は思わず頭を掻《か》く。

たしかに私の言い方が悪かった。ああいうとき、私じゃなくて神様だったなら、きっと優《やさ》しい言葉をかけられたのだろう。

でも、私は神様ではないし、空気を読んで上手《うま》いことを言える人間でもない。

私には、私なりの言葉しかかけられないのだ。

「リディ、あなた、誰《だれ》かに愚痴《ぐち》を言ったこととか、ないでしょう！」

「愚痴？ そんなこと、言うわけないでしょう」

「やっぱり！ じゃあ、誰かをアドラシオン様の屋敷《やしき》に呼んだことは⁉」

「ないわ。必要ないもの」

——でしょうねえ……！

想像通り過ぎるリディアーヌの返答に、私は頭を抱《かか》えてしまう。

ストイックな性格だとは思っていたけれど、さすがに気を張りすぎだ。

「それがどうしたのよ」

「どうしたもこうしたもないわよ！」

大股《おおまた》で一歩踏《ふ》み出せば、リディアーヌがぎょっとしたように後ずさる。

逃《のが》すまいと逃《に》げる彼女の両手を摑み、私は彼女の顔を見上げた。

「あなた、今のことをアドラシオン様に言いなさいよ！」

「は……はあ⁉　なにを言って——！」

「どうせ、一人でずっと考えていただけでしょう？　だったら、直接本人に言った方がいいわ！　絶対、悪い結果にならないもの！」

ぎゅうっと両手を摑む私に、リディアーヌは目を見開く。

驚《おどろ》いたようにしばし瞬き——だけど、その表情は徐々《じょじょ》に歪んでいく。

「……なによ」

少しの沈黙《ちんもく》のあと、彼女の口から出てきたのは低い声だった。

「人の気も知らないで、勝手なことを言わないで……！」

押し殺したような声が、周囲に静かに響《ひび》き渡《わた》る。

私を見つめる視線は険しい。射殺そうとでも言わんばかりだ。

「言えるわけないでしょう！　わたくしはあの方の何者でもないの！　ただ、神殿を変えるために選ばれただけなのよ！」

「でもじゃないわ！」

「リディ、でも！」

私の言葉を、リディアーヌは荒《あら》く遮《さえぎ》った。

眉根《まゆね》を寄せ、肩《かた》を震わせ、私に向けるのは——本気の怒《いか》りだ。

夜の空の下。彼女は感情もあらわに、私を睨《にら》みつける。

「あなたに——」

荒い呼吸と共に、彼女は言葉を吐き出した。

一度奥歯を噛《か》みしめ、息を吸い込み——それから。

「あなたに、わたくしのなにがわかって!?　よくも簡単に言えたものだわ！」

強気な態度とは裏腹に、泣き出しそうな声で叫《さけ》んだ。

「わたくしの気持ちなんて、なんにも知らないくせに!!」

それは傲慢《ごうまん》で高飛車、いつも気丈な彼女の本心。

誰《だれ》にも明かせない、むき出しの心の声。

——リディアーヌ。

拒《こば》むように頭を振《ふ》り、私の手を振りほどこうとする彼女を見て、私もまた息を吸う。

夜の空気を胸いっぱいに吸い込むと、逃げる彼女の手をさらに強く握《にぎ》りしめた。

「――知らないに決まってるでしょうが!!」

冷たい指先を両手の中に閉じ込め、逃げ出そうと逸《そ》らす瞳をまっすぐに見据《みす》える。

「だってあなた、なにも言わないんだもの！　それでわかれって言う方が無理でしょう!!」

言われなければ、なにもわかるはずがない。

悩《なや》みだって、苦しみだって、お菓子《かし》の感想を欲しがっていることだって、伝わらないのだ。

「相談してくれればいいのよ！　愚痴だっていいわ！　価値とか義理とかじゃなくて――」

別に理由がいるわけではない。見返りが欲しいわけでもない。

これは、もっともっと単純な理由。

「あなたが話したいときに、話してくれればいいのよ。それくらい、私はいくらでも聞けるんだから！」

「……なによ」

リディアーヌは私を見下ろし、かすれた声でそう言った。

もう手を振り払《はら》おうとはしないけど――代わりに、ギッと憎々《にくにく》しげに私を睨みつける。

「あなたに話したところで、なにも解決なんてしないわ……！」

「そうかもしれないけど！」

私もまた、意地に染まった彼女の瞳《ひとみ》を睨み返す。

互《たが》いに険しい顔を突き合わせ、睨み合い、吐き出すのは令嬢《れいじょう》らしくもない荒い声だ。

「なにか変わるかもしれないじゃない！　一人じゃわからないこともあるのよ！」

「なにかってなによ！　あなたがわたくしの問題を解決できて⁉」

「解決なんかできるわけないでしょう！」

そんなこと、私が保証できるわけがない。

私は神様でもなく、リディアーヌ自身でもなく、ただの他人でしかないのだ。

「なら――」

「でも！」

言い募《つの》ろうとするリディアーヌを遮り、私は声を上げる。

私は他人。根本的になにかを変えることはできない。

でも、だからこそ見えるものだってあるはずだ。

「解決できなくても、あなたが気付いていないことを教えることはできるわ‼」

「わたくしが……⁉　なにに気付いていないって言うの！」

訝《いぶか》しむように眉《まゆ》をひそめるリディアーヌに、私はさらに一歩近づく。

風が吹《ふ》けば、彼女の長い髪《かみ》が触《ふ》れる距離《きょり》。

近さに一瞬たじろぐ彼女に向け、私は口を開く。

「――アドラシオン様の目」

思い返すのは、屋敷で見た彼の視線だ。

冷徹《れいてつ》、厳格で容赦《ようしゃ》がなく、人間からも神々からも恐《おそ》れられるという神の――リディアーヌにだけ向ける瞳の色。

「あの方が、あなたにだけ優しい目を向けていること……気付いていないでしょう？」

友人ができたことを喜び、違《ちが》ったらがっかりして、楽しそうな様子を見て、自分も嬉《うれ》しそうにしていた。

屋敷にいる間、ずっと彼女の姿を見つめていた。

――アドラシオン様にとって、『何者でもない』はずがないわ。

きっとリディアーヌは、近すぎて気が付いていないだけ。傍《はた》から見れば、すぐにわかることなのに。

「……わたくしに？」

リディアーヌは虚《きょ》をつかれたように、ぽつりとつぶやいた。

きっと想像もしたことがなかったのだろう。彼女はすぐに眉をひそめ、信じられないと言いたげに首を振る。

「まさか……そんなはずはないわ。あなたの見間違いか、そうでなければ勘違《かんちが》いよ。だって、わたくしは生まれ変わりではないのよ」

「それって、記憶《きおく》がないだけでしょう？」

疑《うたぐ》り深いリディアーヌに、私は肩をすくめて見せる。

少女の生まれ変わりは、みんな過去の記憶を持っているという。だけど、それを知るのは当人だけだ。

普通《ふつう》の人間は過去の記憶を持っていない。それなら、たまには少女だって、うっかり忘れることもあるかもしれない。

アドラシオン様が人間のときにしか生まれ変わらない、という話もそう。

直接見て、聞いて、知っている人間なんかいないのだ。

だから、と私は胸を張る。

「記憶がないなら、『生まれ変わりじゃない』とも断言できないじゃない！　少なくともアドラシオン様には大切に思われているわけだし――わからないときは、良い方に考えた方が絶対に得だわ！」

「…………」

私の言葉に、リディアーヌからの反論はない。

ちらりと様子をうかがえば、彼女はぽかんと口を開けていた。

らしくもない気の抜《ぬ》けた表情で、私に向けるのは、やはり珍獣《ちんじゅう》を見るような目である。

しばし無言のまま、その目で一度、二度と瞬きし――それから。

「……あなたって単純だわ」

彼女は、心底から呆《あき》れたように息を吐《は》き出した。

「そんな無責任なことを言って、違ったらどうするの」

「どうする、と言われると……」

どうすることもできない。

別にリディアーヌが生まれ変わりである根拠《こんきょ》もないわけで、これで違ったら――まあ、残念会をするしかない。慰《なぐさ》めるくらいはできるだろう。

「違ったら、あなたに責任を取ってもらうわよ」

「私が!?」

「当然でしょう」

ぎょっと目を剝《む》く私に対し、リディアーヌは「ふん」と鼻で息を吐いた。

そのまま私の手をすげなく振りほどくと、腰《こし》に手を当て、片手で髪をかき上げる。

満天の星の下。彼女はいつものように顎《あご》を持ち上げ、いつものようにツンと澄《す》まし、いつものように高慢《こうまん》な表情を浮《う》かべ――いつもよりも不敵な声で、こう言った。

「だってけしかけたのはあなただもの。言い逃《に》げは許さないわ」

理不尽《りふじん》！　と抗議《こうぎ》をすれば、彼女は愉快《ゆかい》そうに、からからと笑った。

食堂に、くすくすと笑い声が響《ひび》き続ける。

リディアーヌもエレノアもいなくなった食堂に残されたのは、嘲笑《ちょうしょう》と真っ赤な顔をしたロザリーだけだ。

両手を握りしめても、頭を染める熱は消えて行かない。リディアーヌに向けられるはずだった笑い声も、いつまでも止《や》まない。

――どうして、私が……！

羞恥《しゅうち》と怒《いか》りに足元が揺《ゆ》れる。血がにじむほど唇《くちびる》を嚙《か》み締《し》めているのに、その血の味にすらロザリーは気付かなかった。

――私は本物の聖女なのよ。アドラシオン様の偽《にせ》聖女ではない、ルフレ様に選んでいただいた、本物の。

代用品のリディアーヌとは違う。アマルダの代理でしかないエレノアとも違う。この神《しん》殿《でん》に数多《あまた》いる、神の姿すらも見たことのない他《ほか》の聖女たちとも違う。

ロザリーは選ばれた。たとえ姿を見せてくれなくとも、たとえ逃げられてばかりでも、たとえ言葉を交《か》わしたのが、ただの一度きりだったとしても。

『俺は聖女を選んでいない。神殿が勝手にお前を選んだんだ』

冷徹な神の顔で突《つ》き放したのも、ルフレがロザリーを試《ため》しているだけ。ロザリーこそが、神に選ばれた本当の聖女のはずなのだ。

——偽聖女のくせに、私に恥《はじ》をかかせるなんて……！

ぎり、と歯の鳴る音がする。

すでに食堂はざわめきを取り戻《もど》し、ロザリーに向ける人々の視線も、嘲笑もなくなっていた。

だけどロザリーの頭の中には、笑い声が響き続ける。ルフレに逃げられた聖女だと、みんながロザリーを笑っている。

——どうして、あんな無能神の聖女がそんなことを知っているの。

「やっぱり、あのときルフレ様がいたんだわ。私が捜《さが》しているのに、ルフレ様はあんな女の部屋で、私から隠《かく》れて……」

「……ロザリー？」

立ち尽《つ》くすロザリーに、取り巻きのソフィが呼びかける。ざわめきの中でそっと呼ぶ声は、しかしロザリーには嘲笑にしか聞こえない。

「ロザリー、どうしたの……？」

「いいえ、こんなの、なにかの間違いに決まっているわ。ルフレ様が私を裏切るなんて、ありえないもの。私が本当に、本物の聖女なんだから」

日が暮れ、燭台《しょくだい》に照らされる食堂に影《かげ》が落ちる。

ロザリーの足元で、重たい影が揺らめいた。

「私だけが本物の聖女なの。ルフレ様に選ばれたの。でも――」

もしも、ルフレとあの無能神の代理聖女――エレノアの間に、ロザリーの知らない関係があるのだとすれば。

あの泥《どろ》くさい聖女が、ロザリーのルフレを奪《うば》おうとしているのなら――。

「……許せないわ」

深い影が揺れる。

どろり、どろり。重たい泥のように。

4章◆選ばれなかった聖女たち

その日、彼はいつもより少し早く目を覚ました。

木々に囲まれ、ほとんど日の差し込まない部屋にも、朝の光がわずかに入り込む。

空は快晴。雲もなく、風もない日。心地好《ここちよ》いと言える朝だろうに、彼の心は重かった。

――……穢《けが》れの生まれる気配がする。

粘《ねば》りつくような重く暗い感情が、神殿内《しんでんない》に渦巻《うずま》いている。

人間なら誰《だれ》しもが抱《いだ》く、他人への恨《うら》みや妬《ねた》み、ではない。抱《かか》えきれなくなってしまった強すぎる感情が、今にも穢れを形作ろうとしている。

――受け止めなければ。

穢れによって醜《みにく》く変わり果てた体を揺《ゆ》らし、それでもなお当たり前のように、彼はそう考えた。

穢れを受け止めるのは彼の役目。それを放棄《ほうき》するつもりはない――というよりも、思い浮《う》かばない。人間たちを守りたいという意思はなく、ただ『そうしてきたから』というだけで、彼は自らの役目を受け入れる。

体の中で渦《うず》を巻く穢れの重みも、絶え間なく響《ひび》き続ける怨嗟《えんさ》の声も、彼の心を揺さぶらない。穢れの苦痛に耳を傾《かたむ》け、共感し、同情することもない。

長い長い時の中で、彼は心を動かすということすらも忘れてしまった。

残ったのは、すべてへの無関心だ。

――これが最後になるかもしれない。

その事実さえも、彼は特段の感慨《かんがい》もなく受け入れる。

今にも生まれそうな穢れの気配は、エレノアが浄化《じょうか》したぶんよりはるかに大きい。引き受ければ、さすがにもう身が持たないだろう。

限界を超《こ》えた穢れは、神すらも呑《の》み込むもの。穢れに呑まれた神は悪神となり、穢れの怨嗟のままに人に害をなす存在となる。

だとしても――彼はなんとも思わなかった。

人間たちへの恨みはない。いい気味だとも思わない。一方で、哀《あわ》れにも思わない。

ただ、冷たい諦念《ていねん》だけが彼の心を満たしていく。

――ああ、でも。

あの、代理聖女の少女が来てから、約一か月。

このひと月だけは、久しぶりに。

本当に久しぶりに、楽しか――。

「────神様！　神様神様！　聞いてください!!」

──うん。

思い詰《つ》めた彼の思考が、強制的に中断される。バタバタと駆《か》け込んでくる荒《あら》い足音は、彼の諦念なんぞなんのその。まだ生まれてもいない穢れに対し、深刻に考えすぎていたのが恥《は》ずかしくなるほどの勢いで、容赦《ようしゃ》なく静寂《せいじゃく》を踏《ふ》み荒《あ》らす。

「……エレノアさん。どうかされました？」

振《ふ》り向きざまに告げる声が、少しばかり鼻白んでいるのは気のせいだろうか。

心を動かすことを忘れてしまったと自嘲《じちょう》しながら、どうにも彼女の前だと調子が悪い。

「ここへ来るのも、いつもより早いですし。なにか急ぎのご用が？」

「ありますとも！」

と言って、エレノアは彼の前で胸を張る。目のない彼にエレノアの姿は見えないが、胸を張っていることも、得意げな顔をしているであろうことも想像がついていた。

「外に出ましょう！　外！」

「………………外？」

訝《いぶか》しげに問い返す彼に、エレノアは浮かれた声でこう言った。

「お茶会をするんです!!」

そういうわけで、お茶会なのである。

ロザリーとの騒動《そうどう》から一夜明け、びっくりするほど上天気の朝。私は神様と連れ立って、神様の部屋からほど近いテラスに来ていた。

原因はもちろん、あのツンデレ、ではなくリディアーヌである。

『今日の借りは必ず返すわ！　明日《あした》の正午、神殿の外れにあるテラスに来なさい。あなたの神様もお連れして構わなくってよ。ただし、絶対に逃《に》げるんじゃないわよ！　午後いっぱいは、帰すつもりはないんだから！』

とは、昨晩。ロザリーたちとの騒動から逃げ出したあとで、リディアーヌが言い放った言葉だ。悪役そのもののセリフであるが、例によって翻訳《ほんやく》すると、『お礼がしたいから、午後にテラスに来てください。神殿の外れなら人目もつかないから、ゆっくりできるでしょう』である。

神殿の外れを選んだのは、神様を気遣《きづか》ってくれたからだろう。無能神と呼ばれて忌《い》み嫌《きら》われる神様を、うっかり食堂にでも招いたら大騒《おおさわ》ぎになってしまう。

――ここのテラスなら神様の部屋からも近いし、途中《とちゅう》で人に会う心配も少ないものね。

そうはいっても、出不精《でぶしょう》の神様。説得するには時間がかかった。『私がいると他《ほか》の方がご不快な思いをしますから』ともちもち震《ふる》える神様を、どうにかこうにか言いくるめ、最終的にはほとんど腕力《わんりょく》で引きずってきたのは置いておいて。

気合を入れて誘《さそ》ってきたリディアーヌの歓迎《かんげい》に期待を寄せて、やってきたテラス。

雑木林に囲まれた、暖かな木漏《こも》れ日の差すその場所で、私と神様は唖然《あぜん》と立ち尽《つ》くしていた。

目の前にそびえるのは、尋常《じんじょう》ではない菓子《かし》の山。五つほどあるテラスのテーブルすべてを埋《う》めるケーキ、タルト、ビスケットにパイ。それからちょっとした――では済まない量の、まったく軽くない軽食。

やりすぎである。

「――リディって、ほんと力を抜《ぬ》くの下手よね。そんなことだから空回りしちゃうのよ」

「か、空回りなんてしていないわ！　これは作りすぎたわけではなく、予定通りでしてよ！　今日はアドラシオン様がお留守だから、今のうちに味の感想を聞くために……！」

「つーか、いい加減俺を荷物持ちにするのやめろよ！　どいつもこいつも！　――あ、御《お》身《み》に言ったわけではないですからね！」

「……あの。私、場違《ばちが》いではないでしょうか………」

人気《ひとけ》のないテラスに、私と神様とリディアーヌと、あとオマケ一人。それぞれの声が響き渡《わた》る。

紅茶の香《かお》りを楽しみながらの上品なお茶会——なんて考えるのも馬鹿馬鹿《ばかばか》しい菓子の山を前に、もはや誰もマナーなんて気にしない。取り分け用の皿を手に菓子をつつきつつ、みんな好き勝手に騒いでいた。

「場違いなんてことないですよ。むしろ一番場違いなのはこいつですから！」

「いやいや、どう考えてもルフレ様がいるのが一番おかしいですよね⁉　アドラシオン様だけじゃなくて、リディアーヌにも荷物持ち扱《あつか》いされる神ってどうなんです⁉」

「べ、別にわたくしはルフレ様を荷物持ち扱いなんて——いえ、待って！　あなた、いつの間にわたくしを愛称《あいしょう》で呼ぶようになっていて⁉」

「えっ、今さら⁉」

すでに何度か呼んでいたと思うんだけど。

どうやら今さら気付いたらしいリディアーヌは、不服そうに「ツン！」と顎《あご》を反らす。

「わたくし、許可した覚えはなくってよ！　勝手に呼ぶなんて失礼だわ！　わ、わたくしたちは友達同士でもないのに、ちょっとお茶会に呼ばれたくらいで……！」

「……ちょっと？」

ちょっととは、いったいどういう意味だろうか。

テラスを菓子が埋《う》め尽くしているけれど、もしかしてブランシェット公爵《こうしやく》家的にはこれでも『ちょっと』なのだろうか？

「いやこれ、ちょっとで済む茶会じゃねーだろ」

荷運びをさせられたルフレ様が、私に代わって呆《あき》れたように息を吐《は》く。

「昨日の夜から、ずーっと準備してたじゃねーか。誰《だれ》のためかと思ってたら、よりにもよってこいつかよ！」

ビスケットをかじりながらの容赦ない暴露《ばくろ》に、取り澄《す》ましたリディアーヌの顔がみるみる赤く染まっていく。

頬《ほお》から顔全体、耳や首まで真っ赤になったところで、彼女はついに耐《た》え切れなくなって叫《さけ》んだ。

「もう！　ルフレ様！　なんで余計なことをおっしゃるんですの⁉」

穏《おだ》やかな午後のテラスに、リディアーヌの声が響《ひび》き渡る。

底抜《そこぬ》けに明るい空気に、私もつられるように声を上げて笑った。

そんな光景を、彼は少し離《はな》れて眺《なが》めていた。

もちろん、眺めると言っても実際に目で見るわけではない。

会話や笑い声から、なんとなく光景を察するだけだ。

──やっぱり、私は場違いではないだろうか……。

目のない彼の見る光景は、親しい者同士の楽しげなやり取りだ。遠慮《えんりょ》のない言葉を交《か》わし、屈託《くったく》なく笑い合う。明るい日差しの似合う景色に、己《おのれ》の姿は不釣《つ》り合いだと改めて実感する。

もとより、彼は人と交わりたがる性格ではない。いくらエレノアに誘われたからとは言え、ここまで付いてきたことが彼自身でも不思議なくらいだ。

だから、輪から離れたこの場所で眺めるくらいがちょうどよい。

ちょうどよい──はずだった。

「──だから！　乱暴に扱うなって言ってんだろ！」

「乱暴なんてしてないわよ！　ちょっと軽く摘《つ》まんだだけで！」

「それが乱暴だって言ってんだよ！」

頭上で交わされる言い争いに、彼はいたたまれず身を震わせる。

輪から離れていたはずの彼を挟《はさ》むのは、エレノアともう一人。

いや、一『人』ではない。荒い言葉《ことば》遣《づか》いの少年からは、神の気配が感じられた。

──ええと……。

いったいどうしてこうなってしまったのか。

原因は、やっぱりエレノアである。

『神様、どこに引っ込んでいるのかと思ったら！　そんな隅《すみ》っこにいないで、出てきていろいろ食べましょう！　普段《ふだん》食べられない美味《おい》しいものがいっぱいありますよ！』

と言うや否や、むんずと彼の体を掴《つか》んだのがすべての始まりだ。

——食べ物にこだわりはないと言ったのに……。

エレノアが食事を喜ぶのは嬉《うれ》しいが、彼自身に食への執着《しゅうちゃく》はない。そのことは以前も伝えたはずなのに、エレノアはまるで気にしない。せっかくの会話の輪からも外れ、片隅の彼を外に連れ出そうとした。

その、いささか強引な手段に悲鳴を上げたのが、少年神の方である。

それからは見ての通り。彼を挟んでの、子どものような口喧嘩《くちげんか》だ。茶会に参加しているもう一人、リディアーヌという人間の少女は慣れた様子で、会話に交ざりすらもしない。これを好機と離席《りせき》して、空いた皿やらカップやらを整え直している気配がする。

おかげで、口喧嘩を止める人間がいない。一人と一柱の言い合いは熱を増していくばかりだ。

「というかルフレ様、なんで神様にばっかりそんな丁寧《ていねい》なのよ！　——もしかして、神様って実は偉《えら》い神様なんです⁉」

弱り切って嘆息《たんそく》していると、不意に水を向けられる。思いがけないエレノアの言葉に、彼はふるふると否定の意を込めて身を震《ふる》わせた。

「いえ、まさか。単に彼が――ルフレさんが、礼儀正《れいぎただ》しいだけかと……」

素直に答えれば、エレノアとルフレ、双方《そうほう》の言葉が止まる。ピシリと凍《こお》るような一瞬《いっしゅん》。

彼は自分の発言が、恐《おそ》ろしく的外れだったらしいことを悟《さと》った。

「礼儀……正しい…………!?」

長い間のあとで、口を開いたのはエレノアだ。

驚《おどろ》きにわななく手は、いつの間にか彼の体から離れ、ルフレに指を突《つ》きつけている。

「ルフレ様が!?　神様、正気です!?」

「どういう意味だよ、お前!!」

ルフレが反発すれば、再び頭上で言い争いが始まった。

声を荒《あら》げての口論は、だけど決して深刻なものではない。口調は荒くても、そこにはどこか親しさがある。

彼にはそのやり取りが、まるで子猫《こねこ》のじゃれ合いのように感じられた。

「…………」

エレノアは楽しそうだ。彼女が楽しいことは、彼にとっても喜ばしい。

明るい日差し、親しい声、甘い香り。なにもかも喜ばしいことなのに――なぜだろう。

胸の奥が、ざらつくような心地《ここち》がする。

凪《な》いだ彼の心に、奇妙《きみょう》な感情の渦《うず》が巻く。

きっとルフレは、エレノアと顔を合わせ、同じ視線で言葉を交わしているのだろう。人間と同じ姿で、彼女と向き合っているのだろう。

そのことをどう受け止めればいいのかわからず、彼は逃《に》げるようにそっと、言い争う二人から距離《きょり》を取った。

「——見つけた！　こんなところにいたのね、偽《にせ》聖女！」

その直後。

日陰《ひかげ》に逃げ込もうとした彼よりも、さらに場違《ばちが》いな鋭《するど》い声が、周囲に響き渡《わた》った。

「呑気《のんき》にお茶会なんて、良いご身分ね！　あんたたち、自分の立場がわかってるの⁉」

平和なお茶会に突如《とつじょ》として割り込んできたのは、甲高《かんだか》い少女の怒声《どせい》だ。

聞き覚えのあるその声に、私はルフレ様との不毛な争いを中断して振《ふ》り返る。

視線の先。テラスを囲う雑木林をかき分けて駆《か》けてくるのは、背の高い痩《や》せた少女だ。

険しい顔でずんずんと近づいてくるその姿に、私は「うえっ」と品のない声を上げた。

「お昼時なのに食堂に来ないし、どこにいるのかと思ったら！　あたしたちがどれだけ捜《さが》し回ったと思ってるの！」

そう言って私を睨《にら》むのは、ロザリーの取り巻きの一人。マリと呼ばれる聖女だ。

幸いにも、どうやら彼女一人らしい。ロザリー本人も、いつも一緒《いっしょ》にいるもう一人の取り巻き、ソフィの姿も見えない。

もっとも、油断はできない。取り巻きがいるなら、近くに本体もいるはずだ。

ただでさえ仲が悪いのに、騒《さわ》ぎを起こしての昨日の今日。ロザリーなら仕返しに来かねないと身構える私を見据《みす》え、マリが憎々《にくにく》しげに顔をしかめる。

「しかも、よりによってルフレ様と一緒⁉　どうしてあんたがルフレ様といるのよ！」

「どうしてって言われても」

これぱっかりは、私にはなんの責任もない。文句があるのなら、勝手にリディアーヌについてきたルフレ様に言ってほしい。

そう思いながら、私はついさっきまで言い争っていたルフレ様に目を向ける。が。

――は？

いない。

きれいさっぱり、ルフレ様の姿がない。周囲を見回せば、いつの間にか距離を取っていた神様が、少し離れてぽつんと申し訳なさそうに揺《ゆ》れていた。

再び目を開けてみるも、ルフレ様の姿はなし。テラスには神様とリディアーヌがいるだけだ。

一度目を閉じ、ひとつ深呼吸。

——……ええと。

——うん。

「逃げやがったわね、あの神!!」

マリの姿から、早々にロザリーの気配を察知したのだろう。逃げ足が速すぎる！

「どうりで、さっきから妙《みょう》に静かだと思ったら！　次に会ったら、今度こそひねってやるんだから！」

「次に会ったら……!?」

怒《いか》りに吠《ほ》える私の言葉に、マリがぎょっと目を見開いた。

信じられない、と言いたげに私の肩《かた》を掴み、告げるのはとんでもない言葉だ。

「やっぱり、ロザリーの言った通りだわ！　あんた、ルフレ様に色目を使ってたのね!!」

「は——はあああああ!?」

やっぱりってどういうことだ。やっぱり要素がどこにもない！

「ありえないわ！　どうして私がルフレ様に色目なんて使わなきゃいけないのよ！　あんな生意気で！　性格が悪くて！　口も悪いお子様神に!!」

「よく言うわ！　ロザリーに隠《かく》れてルフレ様と逢引《あいび》きしてたくせに！　宿舎のあんたの部屋で、ルフレ様と二人きりでいたって聞いたのよ‼」

「そんなことしてな――――したわ……！」

全力で否定しようとして、否定しきれずに私は顔を強張《こわば》らせた。

不本意にも、心当たりがある。もちろん逢引きなんてしていないけれど、ルフレ様と宿舎で会っていたのは、揺るぎない事実だ。

「で、でもそれは不可抗力《ふかこうりょく》で……！」

ごにょごにょ言いつつも、私の視線はちらりと神様に向かう。いや、別に神様がどうということはないけど。誤解《ごかい》されたくないとか、そういうわけでもないけど。

いけど――私は自分でも思いがけないほど強い声で、断固として否定する。

「あれは！　ルフレ様が勝手に乗り込んできただけで！　う、浮気《うわき》とかそういうのではないですから！　むしろ巻き込まれた被害者《ひがいしゃ》ですからね、私！」

「どっちから誘《さそ》ったかなんて関係ないのよ‼」

その断固とした否定に、マリはさらに強い声をかぶせる。

肩を摑《つか》む彼女の力も強い。痛みに顔をしかめるけれど、マリは力を緩《ゆる》めるどころか、いっそうの力を込めて私の体を揺さぶった。

「あんたにその気がなかったとしても、ロザリーに言い訳は通じないわ！　こんなところをロザリーに見られてみなさい！　あんた、ただじゃすまないわよ!!」

「ただじゃすまない……って」

マリの言い分に、私は眉《まゆ》をひそめる。

ただじゃすまないことをするのはロザリーで、マリは彼女の取り巻きだ。

まるで他人事《ひとごと》みたいに言っているけれど、これはつまり――。

「ロザリーに告げ口する気？　ただじゃすまないことをしてやるっていう脅《おど》し？　……もしかして、そのために私を捜し回ってたの!?」

「馬鹿《ばか》！　馬鹿!!　――逆よ!!」

「馬鹿ってなによ！　……って、逆？」

どういうことかと瞬《まばた》く私に、マリはぐっと顔を寄せる。

その表情に、奇妙なほどの必死さがあることに、私はようやく気が付いた。

「ロザリーをあんたに会わせないために捜していたのよ！　今のロザリーがあんたを見たら、もう生ゴミどころじゃないわ!!」

明るい空。暖かな日差し。穏《おだ》やかな午後の空気を裂《さ》き、マリの悲鳴じみた声が響《ひび》く。

強張り、青ざめ、震《ふる》える彼女の警告は――だけど、少し遅《おそ》かった。

「……そう」

マリの背後。私の視線の先。雑木林の手前の深い影《かげ》の中に、誰《だれ》かが立っている。

「あなたも、私を裏切るのね」

一瞬《いっしゅん》、木々の影の下にいるように見えたけど――違《ちが》う。

影の中で『彼女』が足を踏《ふ》み出せば、影もまたついてくる。

「ロザリー……」

かすれたマリの声に、影の中で彼女が目を細めた。

少しも愉快《ゆかい》そうではない、彼女の冷たい微笑《ほほえ》みに、私たちは息を呑《の》む。

「みんなそう」

ロザリーの様子は明らかにおかしかった。

目は虚《うつ》ろで、私たちを見ているようで見ていない。口から出る声はどこか遠く、そのくせ奇妙なくらいによく響く。

足取りはふわふわとして現実味がない。その足元は、常に深い影が覆《おお》っていた。

「みんな私の邪魔《じゃま》をするの。私が聖女なのに。私だけが本物の聖女なのに」

歌うような声は、誰に向けたものだろうか。

声に合わせて、彼女は一歩一歩私たちに近づいてくる。

「偽《にせ》聖女のリディアーヌ。神を見たことすらない聖女たち。ルフレ様に色目を使う、恥知《はじし》らずなエレノア。本物の聖女《わたし》に逆らうマリも、みんな、みんな――」

近づくほどに、ロザリーの影は濃《こ》くなっていく。

彼女の周囲には魔力《まりょく》が渦《うず》を巻き、今にも弾《はじ》けそうなピリピリとした空気が肌《はだ》を刺《さ》した。

危険であることは、直感で理解できた。肌に触《ふ》れる魔力は攻撃的《こうげき》で――明らかに私たちに向けられている。

マリが『言い訳は通じない』と言った理由がよくわかる。

今の彼女には、たぶん言葉なんて届かないのだ。

――こ、こうなったらもう……！

取れる手段は一つである。

「みんな、裏切り者よ。私のことを――」

「――逃《に》げるわ！」

言葉で止められそうにないのなら、問答無用で逃げるしかない。

なんだかロザリーがいろいろ話しているけど、別に最後まで聞く義理はないのである。

神様とリディアーヌを捕《つか》まえてさっさと退散しようと、私はロザリーに背を向けた。

ちょうどその瞬間《しゅんかん》、再び雑木林の揺れる音がした。

「――ロザリー！　ここにいたのね!!」

身を翻《ひるがえ》した私の背後。つまりはロザリーのさらに後ろから聞こえたのは、もう一人の取り巻きの声。ふっくらとして背の低い、ソフィという名の聖女のものだった。

「捜《さが》したのよ！　止めてもすぐにどっか行っちゃうし……！」

思わず振《ふ》り返る私の目に、まっすぐにロザリーへ駆《か》け寄るソフィが映る。

重たげな体を揺らし、額の汗《あせ》を手で拭《ぬぐ》う彼女に、ロザリーへの警戒心《けいかいしん》はない。

「ねえ、もう戻《もど》りましょうよ。いくらルフレ様のことがあったからって、ちょっと冷静じゃなさすぎるわ！」

必死のソフィには、ロザリーの影も魔力も見えていないようだ。

ロザリーの影の中に足を踏み入れると、ソフィは引き留めるように彼女の手を取った。

「どうせ、無能神の聖女がまとわりついているだけで、ルフレ様も迷惑《めいわく》しているのよ！　ね、だからもういいでしょう？　今までみたいに、また足を引っ掛《か》けて、水や生ゴミを被《かぶ》せましょう？　それでいいじゃない!!」

「……そう」

必死のソフィに対する、ロザリーの返事は短かった。

底冷えのする声の響きに、逃げ出しかけた私の足も、それ以上踏み出せない。

「あなたもなのね」

「え……？」

瞬きをするソフィには、ロザリーの顔が見えていない。

渦を巻く魔力が増え、足元の影が広がる中――虚ろな彼女の目が、見開かれる瞬間も。

「――ソフィ！」

隣《となり》のマリが、悲鳴を上げて立ち竦《すく》む。私たちから少し離《はな》れて、リディアーヌが目を見開く。神様が駆けつけようと蠢《うごめ》くが、重たい彼の体ではとても間に合わない。

今にも弾けそうな魔力より先に、ソフィに手が届くのは私だけだった。

「馬鹿っ！　危ない!!」

反射的に声が出る。考えるよりも足が動く。ロザリーまでは、ほんの数歩。私は転ぶように駆けだすと、ロザリーを押しのけてソフィの体を押し倒《たお》す。

魔力の爆発《ばくはつ》が起きたのは、その直後だ。

ソフィとともに地面に倒れた私の頭上で、続けざまに魔力が爆《は》ぜる。髪《かみ》を焦《こ》がす爆発に、喉《のど》からヒュッとかすれた音が漏《も》れた。

――お、終わった……。

周囲に響く絶え間ない爆音《ばくおん》に、私の血の気が引いていく。どこもかしこも魔力に取り囲まれ、起き上がって逃げることさえできない。いつ、どこで爆発が起きるかもわからない状況《じょうきょう》に、明確な死の予感がよぎる。

震える頭が考えるのは、今さらになっての後悔《こうかい》だ。

ソフィを助ける義理があったわけでもなし。どうして後先考えずに飛び込んでしまったのだろう。

――こ、こんなことになるなら……！

目の前を、大きな魔力の渦が巻く。もうどう考えても逃げられない。
今まさに、爆発しようと膨《ふく》れ上がる魔力を前に、私は心の底から本音を叫《さけ》んだ。
「こんなことなら、見捨ててさっさと逃げておけばよかったわ!!」
「本当にな!!」
口から溢《あふ》れた本音に、予期せず返事がくる。
ぎょっとするよりも先に腕《うで》を掴まれ、私はソフィごと乱暴に後方へ投げ捨てられた。
私のいた場所が次の瞬間には爆発し、地面が丸ごと抉《えぐ》り取られる。
――なに！　なに!?
驚《おどろ》いて顔を上げるよりも早く、ロザリーの魔《ま》法《ほう》が立て続けに爆発した。
爆風《ばくふう》が周囲の椅子《いす》やテーブルを薙《な》ぎ払《はら》い、吹《ふ》き飛ばしていく。
だけど、私たちの周りだけは、奇妙《きみよう》なくらい静かだった。
爆発も爆風も、すべてがここだけ掻《か》き消される。
――どうして……？
そう思う私に、苦々しい声が落ちてくる。
「様子なんて見てないで、さっさと逃げておけばよかった！　くそっ!!」
苛立《いらだ》ちに満ちたその声に、私は視線を持ち上げた。
そこにあるのは、男性――というには年若い、少年の背中だ。爆発が続く中、その背中は振り向くことなく、私たちを守るかのように立っている。

いつもは憎《にく》らしい、だけど今は、ひどく頼《たの》もしい。あの背中を、私は知っている。

「ルフレ様……！」

崇敬《すうけい》の念を込め、私はその名を口にする。同時に、ひときわ強い爆発が起こった。

私なら一瞬で吹き飛ばされるような大爆発。だけど、相手はルフレ様だ。

いかにロザリーの魔力が強くとも、序列三位の偉大《いだい》なるルフレ様なら、きっと大丈夫《だいじょうぶ》

――。

ではなかった。

魔力の爆風を受け、ルフレ様が紙切れのように吹き飛ばされる。

「……」

爆風任せに宙を舞《ま》ったのは一瞬。呆然《ぼうぜん》と瞬《まばた》く私から少し離れた場所に、彼はぐしゃりと墜落《ついらく》した。

「…………」

落ちたルフレ様を見て、リディアーヌが慌《あわ》てて駆けていく。すぐさま助け起こされた彼は、見たところ怪我《けが》を負ってはいないらしい。血が出ている気配もないことに、まずは安《あん》堵《ど》の息を吐《は》く。

それから私は、吐き出した息をそのまま大きく吸い込んだ。

「弱────っ!?」

犠牲者《ぎせいしゃ》が増えただけだ、これ!!

普通《ふつう》、こういうときって格好良く決めるもんじゃないの!?

「ああ、くそ！　やっぱぜんぜん力が出せねえ！」

当のルフレ様は、リディアーヌの手を払い、一人でがばりと立ち上がる。

どうやら思ったよりも元気らしい。よかったよかった。

「だから嫌《いや》だったんだよ！　──おい、今のうちだ、早くこっち来い!!」

なんて呑気《のんき》にほっとしてはいられない。ルフレ様の言葉に状況を思い出すと、私は慌てて身を起こした。

幸い、ルフレ様への一撃《いちげき》を最後に、ロザリーを取り巻く魔力の爆発は止まっている。ルフレ様の言う通り、逃げるなら今しかない。

「ソフィ、起きて！　呆《ほう》けてる場合じゃないわ！」

隣に倒《たお》れるソフィを叩《たた》き起こすと、私は呆けたままの彼女の腕を引く。未《いま》だ状況を呑《の》み込めない彼女に、詳《くわ》しく説明する余裕《よゆう》はない。というか、私だってなにが起きているのかわからない。

それでも今は、なによりロザリーから距離《きょり》を取るのが先決だ。

私はソフィを強引に引っ張り、ルフレ様の方へ行こうと足を踏《ふ》み出した。

「──どうして」

その足が地面を踏むより先に、背後から低くかすれた声が響《ひび》く。

思わず足を止めてしまうほどに、ぞくりと冷たい声だった。

「ルフレ様、どうして、その子をかばうの。そんな偽聖女《にせせいじょ》を」

淡々《たんたん》とした声は、まぎれもなくロザリーのものだ。

だけどなにか、様子がおかしい。声に混ざって、なにか奇妙な音がする。

「かばわれるのは、私の方でしょう？　私を守るべきでしょう？」

ロザリーが言葉を発するたび、聞こえる音も大きくなる。

だんだんとはっきりしていくその音に、私は背筋を凍《こお》らせた。

──なに、この『ぼこぼこ』って音……!?

水の泡立《あわだ》つ音のようで、少し違《ちが》う。

まるで──泥沼《どろぬま》を掻き回すかのような、粘《ねば》つく響きがある。

「だって私が、本当の聖女だもの。私が守られて、愛されて、助けられるはずなのに」

逃《に》げかけの私の背後で、ぬちゃりと重たい音がした。

ロザリーの声は聞き取りにくい。その理由は、ぼこぼこという音に遮《さえぎ》られているから、だけではない。

ロザリー自身の声もまた、奇妙にくぐもって聞こえた。

「なのに、みんな本当の聖女《わたし》を裏切るのね」

視線の先では、大きく手招きをするルフレ様の姿がある。リディアーヌとマリが血相を変えて手を振《ふ》り、神様がなにか叫んで大きく頷いている。

「――エレノアさん！」

だけどその声も、よく聞こえない。ぼこぼこと絶え間ない泥の音に掻き消される。

「振り返ってはいけません!!」

その言葉の切れ端《はし》が、耳に届いたときには手遅《ておく》れだ。

背筋を撫《な》でるような粘ついた音に――私は、誘《さそ》われるように振り返っていた。

「許さない。聖女を蔑《ないがし》ろにするなんて、人が許しても神々が許すはずがないわ」

ぼこりと泡立つ音も、今は耳に入らない。

私は背後を向いたまま、身じろぎすらできずに凍り付いた。

――なに、あれ。

視線の先に、もはやロザリーの姿はない。

奇妙に大きい黒い影《かげ》の中央。そこにいるのは、影よりもなお暗い『なにか』だ。

大きさだけは、ロザリーと同じくらいだろう。だけどその体は真っ黒で、人の形を保っていない。まるで、溶《と》けたかのようにどろどろだった。

「許さない」

言葉に合わせて、どろどろの体は少しずつ膨れ上がる。

元のロザリーの背丈《せたけ》を越《こ》し、私の背を追い越し、それでもまだ伸《の》び続ける。

「許さない」

膨れ上がりながらも、蠢《うごめ》く『なにか』はずるりと這《は》う。

重たげに揺《ゆ》れるそれが、ゆっくりとこちらに近づくと同時に、私は異臭《いしゅう》に気が付いた。

生臭《なまぐさ》く、鼻を突《つ》くような異臭は、生ゴミとも、淀《よど》んだ川や腐敗《ふはい》の臭《にお》いとも違う。本能的な嫌悪感《けんおかん》を誘うこの臭いに——私は、心当たりがあった。

——この臭い……神様の……！

かつて、どろどろだったころの神様と同じ。

神様のまとう、穢《けが》れが放つ悪臭《あくしゅう》だった。

——じゃあ、あのロザリーは……。

溶けた体で蠢くロザリーを見上げ、私は息を呑む。

行き過ぎた悪意——と神様が言った意味が、わかる気がした。

ロザリーはきっと、あまりにも恨《うら》みを抱《いだ》きすぎたのだ。

ルフレ様への恨み。リディアーヌへの嫉妬《しっと》。信じていた取り巻きたちの裏切りに、ルフレ様にかばわれた、私への憎しみ。

「許さない」

無数の悪意はロザリーには重すぎて、耐《た》え切れなくなってしまったのだ。

「許ざない、ゆるざない、ゆゆゆゆるざないゆるざないゆるざなななないいぃ――!!」

壊《こわ》れたように、嘆《なげ》くように、穢れは同じ言葉を繰《く》り返す。

蠢き、這いずり、こちらに向かってくる姿は、まるで救いを求めるかのようだ。

――ロザリー……。

膨《ふく》れ上がる穢れは、もう見上げるほどの大きさに変わっていた。

テラスを囲む雑木林も追い越し、光を遮り影を落とす。

逆光を受けながら、穢れはぬるりと体の一部を伸ばした。

体の両脇《りょうわき》から伸びるそれは、ちょうど二本の腕《うで》のようだ。穢れはその両腕を、重たげに天へ向けて持ち上げる。その仕草は、どこか祈《いの》るようにも見えた。

「――いけません！　エレノアさん！」

だけど――違う。

背後から響いた警告の声に、私ははっと我《われ》に返った。

「ゆる――――ざなあああいいい!!」

祈りに似た仕草は、腕を振り上げる動作とも似ている。ざらついた穢れの声ににじむのは、祈りではなく怒《いか》りと憎悪《ぞうお》の響きだ。

――叩きつぶす気だわ！

うっかり同情なんてしている場合ではない。私は横で唖然《あぜん》とするソフィの腕を引くと、今度こそ振り返らずに足を踏み出した。

足の向く先は、少し離《はな》れて立ち竦《すく》むリディアーヌたちだ。

「て——」

未だ動けずにいる彼女らに向けて、私は大きく声を張り上げた。

「撤退《てったい》!! 全員、今すぐ逃げるわよ!!」

叫《さけ》び終えるのとほぼ同時に、真後ろでズシンと重たい音が響いた。


木々の間を、突風《とっぷう》が吹《ふ》き抜《ぬ》ける。

テラスを囲う雑木林の茂《しげ》みの中を、私たちは必死に逃げていた。

幸か不幸か、茂みはそれほど深くない。まだ生《お》い茂るには早い季節。ところどころに隙《すき》間《ま》が空いていて、通り抜けるのは難しくなかった。

そんな茂みをかき分けて、先頭を走るのは私だ。その後ろをリディアーヌ、さらにあとから、取り巻きのマリとソフィ。最後尾《さいこうび》をルフレ様が走っている。

どう考えても足の遅《おそ》そうな神様は、私が捕《つか》まえて引っ張って——もとい、転がしている。神様を転がしていいのか、なんてまっとうな疑問は、今は頭から追い払《はら》う。とにもかくにも、穢れから逃げるのが最優先だ。

「わだじが、わだじがぜいじょなのよ!!」

すぐ背後では、テラスの木々をなぎ倒《たお》しながら、ロザリーだったものが咆哮《ほうこう》を上げる。

べたべたと響くのは、四つ足で這う穢れの足音だ。

巨体《きょたい》のせいか、私たちでは引っかからない茂みに足を取られ、突風に足を止めてくれるのが不幸中の幸いか。おかげで私たちはまだ、どうにか逃げ続けられている。

だけど、『まだ』というだけだ。

「おい、遅《おく》れるな！　あれに触《ふ》れたら呑《の》み込まれるぞ！」

最後尾を走るルフレ様が、遅れがちな取り巻き二人に叫ぶ。特にソフィは走るのが得意ではないのだろう。マリに手を引かれながら走る姿は危なっかしく、穢れとの距離もみるみる詰《つ》まっていた。

ソフィの後ろでは、穢れが粘つく手を伸ばしている。今にもソフィに触れようとするその穢れを、ルフレ様が慌《あわ》てて手で払った。

「足を止めるな！　人間が穢れに呑まれたら、ただじゃ済まねえぞ！」

そう叫ぶルフレ様も、無事であるようには見えない。

穢れに触れ、黒く変色した腕を一瞥《いちべつ》し、ルフレ様が「くそっ！」と吐《は》き捨てる。ソフィをかばうルフレ様に、穢れは逆上したように大きく震《ふる》えあがった。

「ゆるざない、い、いいいいいいい——!!」

それは、心を砕《くだ》くような絶叫《ぜっきょう》だ。

穢れは人の心。人の悪意。ルフレ様が誰《だれ》かをかばうほどに、その思いは強くなる。

震えながら、さらに大きく膨れ上がっていく穢れに、私は息を呑む。

長く伸びた穢れが、陽光を遮《さえぎ》り、私たちの上に影を落としていた。

「――エレノアさん」

立ち竦みそうになる私に、ふと声がかけられる。

この状況《じょうきょう》でも、奇妙《きみょう》に落ち着いたその声は――。

「私を置いて行きませんか？」

私に転がされる、神様のものだった。


「神様……？」

訝《いぶか》しげなエレノアの声に、彼は存在しない目を細めた。

神を転がす聖女なんて聞いたこともない。それが、彼を逃《に》がすためだと言うのだから、余計に奇妙でおかしかった。

思えば彼女が来てからは、ずっとおかしなことばかりだ。百年以上の静寂《せいじゃく》は踏《ふ》み荒《あ》らされ、日常は掻き乱され、挙句の果てには茶会にまで参加させられて。

彼女がいる日々は、騒《さわ》がしくて、無茶苦茶《むちゃくちゃ》で、強引《ごういん》で——嫌《きら》いではなかった。

だけどそれも、ここまでだ。

「穢れは私が受け止めます。エレノアさんは、他のみなさんを連れて逃げてください」

「受け止める……って、ルフレ様でもあんなになってるんですよ⁉」

あんなに、と言われても、目のない彼には見ることができない。

ただ、想像はついていた。穢れを受け止めた神が、姿を保てなくなることは、誰よりも彼自身が知っている。

それでも、彼は体を横に振《ふ》る。

「それが私の役目です。エレノアさんはここに残ってはいけません。私が悪神に堕《お》ちたときに、あなたを傷つけたくありませんから」

「で、ですが、神様一人を残すなんて——」

「代理聖女のあなたには、私と一緒《いっしょ》に残る義理なんてないですよ」

口にしたのは、エレノアを気遣《きづか》う言葉だ。エレノアはただの、押し付けられた聖女。

こんなに醜《みにく》いもののために、今まで尽《つ》くしてくれただけで、彼には十分だ。

それ以上は求めない。求めようとも思わない。彼女は荒々《あらあら》しく吹き抜けた、一陣《いちじん》の風のようなもの。諦念《ていねん》に満ちた彼の心を揺らして——吹き抜ければ、消えていくもの。

「あなたには、きっともっと良い神からの誘《さそ》いがあるはずです。私なんかではなく」

そのことが、今日の茶会でよくわかった。彼女の存在に心を動かされたのは、彼だけではない。

エレノアの外には、たくさんの世界が広がっている。『無能神』の傍《そば》にいるよりも、もっともっと満ち足りる場所がある。

「…………」

「短い間ですが、あなたといられて楽しかったです」

引き留めようとは思わなかった。そこまでのことを望めなかった。

それを求めるには、彼の諦念は深すぎ――――。

「そういうの、いいですから!!」

――うん。

ばちん、と頬《ほお》でも叩《たた》かれるように、体を両手で叩かれる。

そのまま両側から、自分の体が引っ張られているのを感じた。醜い不定形の彼を、エレノアの手が力尽《ちからず》くで動かそうとしている。

「代理聖女で悪かったわね！　置いて行ったりしないし、他の神なんて知らないわよ！」

聞こえるのは、怒《おこ》ったようなエレノアの声。重たい彼の体を引くエレノアを、他の聖女たちが呼んでいる。「早く」「追いつかれる」「すぐ後ろ」と次々に声をかけられても、エレノアは彼を放さない。

「もっとワガママになっていいんですよ、神様は！」

場違《ばち が》いなくらいの怒《いか》りの声で、彼を叱咤《しった》する。

「代理でも、一時的でも、アマルダの身代わりでも――今は私が、神様の聖女なんですから！」

背後には、穢《けが》れの手が迫《せま》っていた。泥《どろ》のように重く、粘《ねば》りつく闇《やみ》を纏《まと》った手が、エレノアに向けて振り下ろされる。

冷たい穢れの手に捕《と》らわれる寸前、底冷えのするざらついた声が、すぐ間近で響《ひび》いた。

「――づがまえだ」

その言葉を、彼はたぶん聞いていなかった。

――ああ、そう。

そうだ。

望むというのは、こんな感情だった。

――私は、エレノアさんを守りたい。

悪神に堕ちてでも穢れを受け止めるのではなく――彼女を守り、互《たが》いの無事を喜びあいたかった。

感じたのは、久しぶりの手足の感覚だった。

瞬《まばた》きをする彼の視界は暗い。だけどそれは、穢れに覆《おお》われ、光を遮られているせいだ。彼の周囲を取り囲むのは、嘆《なげ》きの声を上げる巨大《きょだい》な穢れだ。人間たちは穢れの手に捕らえられ、全員気を失っている。

かろうじて意識が残っているのは、光を纏《まと》う神、ルフレだけだ。そのルフレも穢れに埋《う》もれ、黒く染まりかけていた。

「――――様……？」

その染まりかけた目が、彼を映して見開かれる。続けざまに言葉を発しようと口を開くが、その言葉は穢れの嘆きに遮られ、彼のもとまで届かなかった。

視線を落とせば、先ほどまで彼を逃がそうと引っ張っていた少女がいる。

癖《くせ》のある栗色《くりいろ》の髪《かみ》に、美人とは言えずとも愛嬌《あいきょう》のある顔。力強い性格とは裏腹に、想像よりもずっと細くて小さな体に、彼は目を細めた。

彼女は、こんな顔をしていたのだ。それを知れたことが、素直に嬉《うれ》しかった。

もっとも――おそらく今見たことを、彼はすぐに忘れてしまうのだろう。

『御身《おんみ》が望めば、叶《かな》わぬことなどありません』

アドラシオンが言った通り、彼は望めばどんなことでも叶えられる。それだけの力を持っていることを、彼自身が忘れているだけだ。

今の彼が望んだのは、エレノアの危機を救い、ともに喜びあうことだ。それ以上の望みはなく、目の前の穢れを排除《はいじょ》すれば、再び異形の己《おのれ》に戻《もど》るだろう。

それは少し、惜《お》しい気がした。そう思う自分自身が不思議だった。

人間への感情など、もうすべて忘れた気がしていたのに。

――不思議なひとだ。

端整《たんせい》な口元に笑みが浮《う》かぶ。未《いま》だ知らぬ感情を瞳《ひとみ》に宿し、彼は穢れに捕らわれたエレノアを救おうと手を伸《の》ばした。

その手がエレノアの腕《うで》を摑《つか》んだ瞬間《しゅんかん》、あたりに光が満ちていく。

穢れを搔《か》き消す、大いなる神の光だ。

光に照らされ、彼の偉大《いだい》なる金の瞳が瞬いた。

意識を取り戻したときには、視界を覆う穢れは消えていた。

私を捕らえた穢れの手もない。その痕跡《こんせき》さえも、わずかにも残っていなかった。

午後の日差しは明るい。暗闇《くらやみ》から急に光を浴びせられ、私は眩《まぶ》しさに顔をしかめた。

その私を、背後から誰かが覗《のぞ》き込んでいる。

どうやら誰かが、私の体を支えてくれているらしい。肩《かた》を掴む人物の顔は、だけど逆光でよく見えない。

ただ、端整な輪郭《りんかく》と、光よりもまばゆい金の髪。薄《うす》く微笑《ほほえ》む口元だけが見えた――気がした。

「――エレノアさん。もう大丈夫《だいじょうぶ》です。あなたが無事でよかった」

耳に響くのは、おっとりとした声だ。

ほっとするようで、どこか底知れない。この声に、私は聞き覚えがあった。

「神様……？」

ぽつりとつぶやいた瞬間、私の背中を支える力が消えた。

すっかり体重を預けていた私は、そのまま背中から倒《たお》れ込み――。

ぽよん、とやわらかいなにかの上に落ちた。

――……ぽよん？

背中にあるのは、そこらのクッションよりも心地好《ここちよ》い、ぷにぷにでもちもちの感触《かんしょく》だ。

ちょっと手で触《ふ》れてみれば、滑《なめ》らかな表面に指がぷにっと沈《しず》んでいく。

さわさわ撫《な》でれば、「あうっ」と焦《あせ》ったような声が聞こえた。

「や、やめてください、エレノアさん！　くすぐったいです！」

「……神様？」

いつもと変わらない神様の声に、私は呆然《ぼうぜん》と瞬いた。

なんだか妙《みょう》に気が抜《ぬ》ける。夢でも見ていたような気分だ。

穢れに押し潰《つぶ》されていたことさえ、夢だったように思えてくる。

――でも。

一つだけ。穢れから私を助けてくれた『手』の感触だけは、たしかに覚えていた。

「……ええと」

目線を下に向ければ、私の体につぶされて、平べったく伸びる神様がいる。

人の姿ではもちろんなく、腕も顔もない。私の視線に気付いてぷるんと震《ふる》える、黒くてまるい、見慣れた神様だ。

――よく、わからないけど。

未だ状況《じょうきょう》がよくわからないけど――それでも、なんとなくわかることはある。

私は疲《つか》れた体に力を入れて神様の上から降りると、彼の黒い体に向き直った。

「ありがとうございます。神様が、助けてくださったんですよね？」

「はい。……正直に言うと、自分でもなにが起こったのかはよくわからないのですが」

私の言葉に、神様はやはり困ったように身を震わせた。

だけどそれも一瞬《いっしゅん》のことだ。彼はすぐに震えを止めると――。

「あなたを必ず守ると、約束しましたから」

いつものようにぽやっとした――それでいて、真摯《しんし》な声でそう言った。

――ぐ。

ぐぬぬ、と内心で呻《うめ》いてしまうのはなぜだろう。

なんだか妙に悔《くや》しい。それでいて、どうしてか気持ちが落ち着かない。

人の形ですらないまるい体を見ていられず、私はそわそわと視線をさまよわせる。

そんな私の様子を、神様がなんということもないように見ている――気がするのも、悔しかった。

――ぐぬぬぬぬぬ……こうなったら……！

「あっあっ、え、エレノアさん！　やめてくださいってば！」

八つ当たりで私に摘《つ》ままれ、神様が悲鳴を上げる。

身をよじらせて私から距離《きょり》を取ると、それどころではないと言いたげに体を振《ふ》った。

「そ、それよりも、このあとのことですよ！　どうするんですか？」

「……このあと？」

「ええ」と言って、彼は周囲を見回すようなしぐさをする。

私もつられて周囲に目を向け──彼の言葉の意味を理解した。

──どうしよう……。

視界に映るのは、倒れた五つの体だ。

うち四つは、一緒《いっしょ》に逃《に》げ回っていた四人。リディアーヌとルフレ様に、取り巻きのマリとソフィ。

残る一つは──眠《ねむ》るように目を閉じ、静かに呼吸するロザリーだった。

私と神様は、すぐに手分けして倒れた五人を起こして回った。

リディアーヌとマリ、ソフィの三人は、顔を叩《たた》けばすぐに目を覚ました。ロザリーや穢《けが》れのことで動揺《どうよう》しているものの、三人とも体に問題はなさそうだ。

ルフレ様の方は、さすがは神というべきか。こちらが起こすよりも先に、いつのまにか自分で目を覚ましていた。

彼にも不調は見られない。黒く染まった腕も、目が覚めたときには元に戻っていた。

問題はロザリーだ。

いったいなにが起きたのか、ロザリーの体からは穢れの痕跡は消えていた。

元の人間の姿に戻った彼女は、だけどどうやっても目を覚ます気配がない。声をかけても頬《ほお》を叩いても、すやすやと穏《おだ》やかに眠り続けるばかりだった。

こうなっては、もう私たちではどうにもならない。神官に事情を話し、医者を呼んでもらうべきだろう――ということで、マリとソフィが神官を探しに行ったのが少し前。

マリたちを待つ間、ロザリーを外に放置しておくわけにもいかない。私はリディアーヌたちと協力して、彼女をテラスから一番近い神様の部屋に移動させた――そのあと。

「つまり――」

マリたちの戻りを待つ現在。

待ち時間にルフレ様から聞いた話に、私はこれ以上ないほど顔をしかめた。

「ルフレ様は穢れを負いすぎて弱っていて、ロザリーから逃げていたのも彼女の魔力《まりょく》に勝てないからで、罰《ばつ》は下さないのではなく下せなかった――ってこと!?」

さらに言うなら、弱っているのはルフレ様だけではない。この神殿《しんでん》にいる大半の神々が、長いこと人間の穢れを肩代《かたが》わりして、弱り切っているのだと言う。

そのうえ、穢れを清められる聖女は、そのほとんどが偽《にせ》の神託《しんたく》で選ばれた者ばかり。神々も呆《あき》れて、すっかり人間の前に姿を現さなくなってしまったそうだ。

そんな中でも、しかしルフレ様は人間を気にかけ続けていた。普段《ふだん》は悪態を吐《つ》いて神殿を離《はな》れながら、ついつい気になって様子を見に来ていたというのである。

「嘘《うそ》ばっかりじゃない！　あなた、そんなボロボロのくせしてよくあんな偉《えら》そうな態度が取れたわね!?」

「うるせえうるせえ！　それが悪いかよ！　いや、実際良くなかったな！　悪かったなちくしょう!!」

「なんでそこは素直《すなお》なのよ！　別に悪いとは言ってないでしょう！　いえ、態度は本当に悪かったけど!!」

初対面で、思わず「なんだこいつ」と思ってしまうくらいに悪かったけど！

「そうならそうと言ってくれればよかったのよ！　人間なんてどうでもいい、なんて言っておいて、ぜんぜん見捨ててないじゃないの！」

「わざわざ自分の弱点なんて言うかよ、バーカ！」

ルフレ様は「けっ」と吐き捨て、苛立《いらだ》ったように頭を掻《か》く。

「見捨てられるなら、とっくに見捨ててるっつーの！　今も神殿に残ってる連中なんて、みんなバカばっかだよ！　穢れを溜《た》めるだけ溜めて、結局なんにもできねえの！」

「そんな言い方するんじゃないわよ！　立派な方々じゃない！」

「いーや、ただの身の程《ほど》知らずだね！　この方の真似《まね》なんてできるはずがないのに！」

この方と言いながら、ルフレ様は言い争いにおろおろしていた神様を捕《つか》まえる。

そのまま指で容赦《ようしゃ》なく、だけどどことなく恭《うやうや》しく突《つつ》けば、神様が困ったように震えた。

「こんなお姿になってまで穢れを引き受けられる方がおかしいんだよ！　結局どいつもこいつも、悪神の一歩手前だ！　くそ!!」

「ちょっと！　人の神様に勝手に触《さわ》らないで!!」

戸惑《とまど》う神様をルフレ様から離そうと、私は反対側から黒い体を掴《つか》んで引っ張る。

ぐにっと引き伸《の》ばされる神様を見て、悲鳴を上げたのはルフレ様だ。

神様を助けるための行為《こうい》だというのに、まるで私から守るかのように、ルフレ様は神様を両腕《りょううで》で抱《だ》きかかえた。

「お前の神様じゃねーよ！　乱暴に扱《あつか》うな！」

「それ、あなたに言われたくないのだけど!!」

神様を挟《はさ》んで私はルフレ様と睨《にら》み合う。

片側はルフレ様に抱《かか》えられ、片側は私に引っ張られ、神様は居心地《いごこち》悪そうだ。自慢《じまん》のもち肌《はだ》も今は少し硬《かた》い気がする。

それでも言い争いを続けようとする私たちを、一喝《いっかつ》したのはリディアーヌだ。

「いい加減になさい！　クレイル様が困っていらっしゃるでしょう！」

リディアーヌは鋭《するど》い声で叱《しか》りつけると、私とルフレ様の手のひらを叩いた。

痛みに思わず手を離せば、神様がそそくさと私たちから逃げていく。

そんな神様をかばうように背にして、リディアーヌは私たちを睨みつける。

「だいたい、喧嘩《けんか》している場合ではなくってよ。事の大きさがわかっていて？　穢れが出ただけでも大問題なのに、その原因が神殿の聖女なのよ！」

「ルフレ様のご事情もあるでしょう。ルフレ様が弱っていらっしゃることや、神殿から神々が離れていることを、神官たちにどう説明するつもり？」

リディアーヌの言葉は正論である。穢れが出たこと、神々が離れていること、残っている神々さえ弱っていること。どれも、国の根本を揺《ゆ》るがす重大な真実だ。

ロザリーのことも、神官に報告する必要があるだろう。だけどその原因も、どこから説明すればいいかわからない。ありのままを話したとして、信じてもらえるとは思えなかった。

「それは……」

改めて突きつけられる問題の大きさに、私はぐっと押し黙《だま》る。

言い合う相手がいなければ、ルフレ様も大人しい。

騒《さわ》がしさが消えた部屋を、代わりに重たい空気が満たしていった。

「……だめね。わたくしは神殿を正すために来たはずなのに」

その重たさの中で、リディアーヌはぽつりと言葉を漏《も》らした。

視線は私たちから逸《そ》れ、見るともなしに空っぽの神様の部屋を見回している。

「正すどころか、結局こんなことになってしまって。……わたくしは、役に立つどころか迷惑《めいわく》をかけてばかりだわ」

責任感の強い瞳《ひとみ》に宿るのは、後悔《こうかい》の色だ。

ロザリーを止められなかったことを悔《く》いているのだろう。苦しげな彼女の視線は、逃げ場を探すように部屋をさまよい──。

「アドラシオン様が神殿をお留守にしているのは、幸いだったかもしれないわ。せめて今のうちに問題を収めて、これ以上ご迷惑をかけないよう……に…………」

開け放たれたままの扉《とびら》に向いたところで、止まった。

リディアーヌの赤い瞳が映し出すのは、扉の前に立つ人影《ひとかげ》だ。

燃えるような赤い髪《かみ》が揺れる。いつも無機質な目が、かすかに歪《ゆが》んでいる。

全力疾走《しっそう》でもしてきたように荒《あら》く息を切らし、肩《かた》を上下させるのは──今日、この神殿にいないはずの神。

「アドラシオン様……!?　どうしてここに……い、いえ、今はお仕事中のはずで──」

「リディ」

リディアーヌの戸惑いの声は聞かず、アドラシオン様は部屋に足を踏《ふ》み入れた。

私やルフレ様はもちろん、いつもなら礼を尽《つ》くしているはずの神様にさえも、今の彼は見向きもしない。

彼の目は、ただまっすぐにリディアーヌに向かっていた。

「穢れが出たというのは本当か？　お前もその場にいたと聞いたが、いったいなにがあった。まさか巻き込まれてはいないだろうな……！」

呼吸さえも荒い。

リディアーヌの前で足を止めると、アドラシオン様は彼女の肩を摑む。

傍《はた》から見れば、彼の焦《あせ》りは明らかだ。いつもは冷徹《れいてつ》で、感情の一切見えない美貌《びぼう》が歪み、呼吸さえも荒い。

だけど、リディアーヌはさっと顔を青ざめさせた。

「……申し訳ありません、アドラシオン様。お留守の間にこんな問題を起こして」

強張《こわば》った表情で言うと、彼女は両手を握《にぎ》り合わせる。

祈《いの》るように組み合わされた指先は震《ふる》えていた。視線は逃《に》げるように下を向き、それでも
胸だけは反らして、彼女はかすれた声を出す。

「こうなってしまったのも、すべてはわたくしの力不足です。ロザリーの様子に気が付かず、彼女を――」

「そんなことはいい」

アドラシオン様の短い声が、しかし弁明めいたリディアーヌの言葉を遮《さえぎ》った。

え、と瞬《まばた》くリディアーヌから目を逸らさず、彼は険しい顔のまま、荒い息を吐く。

「お前は無事だったのかと聞いているんだ」

「……わ」

リディアーヌは、聞いた言葉が信じられないと言いたげにぽかんと呆《ほう》けた。

「わたくしが……？」

「怪我《けが》はないだろうな？　穢《けが》れに触《ふ》れてはいないか？　どこか、体に不調は──」

「い、いえ！　わたくしに怪我はありません！」

畳《たた》みかけるようなアドラシオン様に、リディアーヌは慌《あわ》てて首を振《ふ》る。

それを見て、アドラシオン様はようやく──安心したように、かすかに目を細めた。

「そうか」

ほっと息を吐くような声だった。

同時に、リディアーヌの肩からアドラシオン様の手が離《はな》れる。

離れた手は、そのまま彼女の背中に伸ばされ──。

「よかった」

背中を抱き寄せると、アドラシオン様はリディアーヌの肩に頭を置き、聞いたこともないほど優しい声でそう言った。

ヒュウ、とルフレ様が場違《ばちが》いな口笛を吹《ふ》く。

ひゃあ、と声を上げたのは私だ。

思わず神様の体をぎゅっと摑むと、神様もなんだか照れ臭《くさ》そうに震えた。

扉の外では、神官を連れて慌てて戻《もど》ってきたマリたちが、思いがけない光景に口元を両手で覆《おお》っている。

そんな中、誰《だれ》よりも驚《おどろ》いた様子のリディアーヌは、アドラシオン様の腕《うで》の中でしばらく長い間のあとで、おずおずとアドラシオン様の背を抱《だ》き返した。

凍《こお》り付き、瞬きを繰《く》り返し──。


　　　　　　　　　　　　　　　　　　　─┼─

「いやもう……見せつけられたわ……」

ところ変わって、神殿《しんでん》の応接室。

神々の住み処《か》ではなく、神官たちの使う建物の一室で、私はなんとも言えないしかめ面をした。

穢れのこと。神々のこと。未《いま》だ目覚めないロザリーのこと。

悩ましいことは山ほどあれども、結局一番は目の前の問題なのである。

「人前なのに……そもそも神様の部屋なのに……はばかることなく……」

あのとき、気まずい神官が咳《せき》ばらいをしてくれたのは助かった。そうでもなければ、いつまでも二人の世界を見せられ続けていただろう。

──まあ、アドラシオン様は咳ばらいなんて見向きもしなかったんだけど。

偉大《いだい》なるアドラシオン様は、人間の目などものともしない。

周囲の視線が集まる中でもいっさい恥《は》じらうことなく、リディアーヌを抱きしめ続けていたのはさすがである。

――……でも、相手が悪かったわよね。

ことの顚末《てんまつ》を思い出し、私は呆《あき》れ交じりの息を吐《は》く。

アドラシオン様はよくても、リディアーヌが視線に耐《た》えられるはずがなかった。

彼女は自分たちに向けられた視線に気付いた途端《とたん》、茹《ゆ》で上がったように真っ赤になり、アドラシオン様を突《つ》き飛ばしてしまったのである。

その後は、若干気まずいながらも騒動《そうどう》の後始末だ。

目を覚まさないロザリーは神官たちに連れられ医者のもとへ。残った私とリディアーヌ、取り巻き二人は全員が事情説明のために応接室へ。

今は、その説明も終わったところ。神官も退室し、さあ帰ろうかという頃合《ころあ》いだ。

ちなみにこの説明の場に、神々は姿を見せなかった。

ルフレ様の態度のせいで忘れがちだが、神は本来、自分の聖女以外と直接関《かか》わりを持たないもの。神として助言を与《あた》えてくれるのも、力を貸してくれるのも、自身が選んだ聖女に対してのみ。あるいはどうしても必要な場合に限り、神託《しんたく》を通じて言葉を落とすこともあるが、それだけだ。

神が聖女以外に与えてくれるのは、せいぜいが雑談程度。さすがのルフレ様も、話し合いの最中に姿を見せることはなかった。

もっとも――。

「見せつけるよなあ。アドラシオン様ってああいうところあるんだよ」

最中に姿を見せなかっただけで、終われば普通《ふつう》にいる。

この神、人間に干渉《かんしょう》しすぎである。

「のろけてても、全然のろけだと思ってないような。『事実だろ？』って感じの」

「ああー……なんとなく、アドラシオン様がそういうタイプなのわかるわね……。人前でも『それがなにか？』って言いそうな……」

「本人は見せつけてるつもりはないんだろうけど、見てるほうとしてはなあ……」

などと話しつつ、私とルフレ様はそろってちらりと横を見る。

隣《となり》に座っているのは、見せつけてきた張本人の、片割れ。リディアーヌだ。

彼女は姿勢よく背筋を伸《の》ばしたまま、真っ赤な顔で両手を握りしめている。

「………………」

ぷるぷると震える肩を、私もルフレ様も無言で見つめた。

私たちの視線を受け、ただでさえ赤いリディアーヌの顔がますます赤くなっていく。

その赤さが耳の先まで伝わったとき、彼女は耐え切れなくなったように叫《さけ》んだ。

「な、なによ！　なにか文句でもあって⁉」

「文句があるわけじゃないけど……」

あるわけではないけど、昨日の晩から一日も経《た》たずこの事態。思うところはなくもない。だからさっさと、アドラシオン様に相談しておけば良かったのに――という気持ちが、私の口からぽろりと漏《も》れる。

「にぶ……」

「聞こえていてよ、エレノア!!」

慌てて口を押さえるが、あまりにも手遅《ておく》れだ。

リディアーヌは真っ赤な顔をツンと背《そむ》け、怒《おこ》ったように荒く立ち上がる。

「も、もうわたくしは帰るわ！　明日《あした》までに、今日見たことは忘れなさい！　こんなことがあったのだから、帰り道には気を付けることね！」

――アドラシオン様が待っているものね。

と言ったら、さすがに明日から口をきいてくれなくなるだろう。

わかっているのに、どうして口がうずうずしてしまうのか。

いけないいけないと思いつつ、悪い口が余計な一言を吐き出そうとしたときだ。

「――待って」

私が不要なことを言う前に、別の声が割って入る。

誰かと思えば、私たちと一緒《いっしょ》に報告に参加していたマリだ。

ちょうど対面のソファに腰《こし》を掛《か》けていた彼女は、隣に座るソフィを残して立ち上がり、私たちに近づいてくる。

こちらを見据《みす》えるマリの表情は険しい。口を引き結び、きつく睨《にら》みつける彼女に、私も思わず身構えた——が。

「ごめん」

彼女が告げたのは予想外の言葉だ。

「今まで嫌《いや》がらせしてきたこと、謝るわ。リディアーヌにも——あんたにも」

らしくもない殊勝《しゅしょう》な言葉に、私は身構えた姿勢を崩《くず》せない。

訝《いぶか》しさを隠《かく》せない私を見て、マリは少しだけ口を曲げた。

それはどこか、ばつが悪そうな顔に見えた。

「……悪かったと思っているのよ、これでも。ひどいことをした自覚はある。水をかけたり、悪口言ったり、嫌がらせしたり。見捨てられても仕方がないことをしてきたわ」

なのに、と言うと、マリは改めたように背筋を伸ばす。

「なのにあんたは、迷わずソフィをかばってくれた。あたしが動けない横で、あんたは真っ先に飛び込んでくれた」

いつもの馬鹿《ばか》にした表情も、嘲笑《あざわら》うような目の色も、今はどこにも見えない。

ピンと姿勢を正すと、彼女は真摯《しんし》な目で、まっすぐに私たちを見る。

「あのとき、ソフィをかばってくれたこと、感謝しているわ」

マリはそこで、一つ息を吐いた。

一瞬《いっしゅん》、静かになった部屋の中。彼女は胸に手を当て、思い出すように目を閉じると――

そのまま、私たちに向けて深く頭を下げた。

「ソフィを……あたしの友達を、助けてくれてありがとう」

静けさの中で響《ひび》くマリの声は震《ふる》えていた。安堵《あんど》と喜びと、深い後悔《こうかい》の滲《にじ》む声に、私はとっさに反応を返せない。

「わ、わたしも、ごめん！」

どう答えればいいかわからずまごついていると、今度はソフィも飛び出してくる。

ソフィはマリをかばうように前に立ち、マリよりさらに深く頭を下げた。

「助けてくれてありがとう。本当に感謝しているの。それで……あの、嫌がらせのことなんだけど、悪いのはマリじゃなくてわたしなの。ロザリーと一緒に水をかけるのはわたしだけで、マリはこう言っているけど、いつも嫌がっていて……！」

「……知っていてよ」

ソフィの言葉を遮《さえぎ》ったのはリディアーヌだ。

状況《じょうきょう》の呑《の》み込めない私の横で、彼女は落ち着いた様子で首を振《ふ》る。

「二人とも、謝る必要はないわ。嫌がらせが本意ではないこと、気付いていたもの」

え、と驚《おどろ》いた顔で、マリとソフィが顔を上げた。

なにを隠そう、私も驚いていた。嫌がらせが本意ではない？

——……私のときは、嬉々《きき》としてやっていたような気がするのだけど。

と、どうにも信じられない私はさておき、リディアーヌは顔を上げた二人を順に見る。

「あなたたちがロザリーの分家筋で、立場上命令されれば拒《こば》めないと知っていたわ。それに、あの子がやりすぎないように、止めてくれていたでしょう？ ——石ではなく、生ゴミをぶつけるだけで済むように」

——あ。

思い返すのは、リディアーヌと最初に会った日のこと。あのとき、ロザリーはリディアーヌに『石』をぶつけようとしていたのだ。

もちろん生ゴミだって洒落《しゃれ》にならないが、どちらが危険であるかは考えるべくもない。

「今回も、ロザリーを止めようとしてくれていたわね。マリはわたくしたちを逃《に》がそうと捜《さが》していて、ソフィはロザリーを説得しようとしていたでしょう。それこそ、わたくしたちを見捨ててもよかったのに」

「で、でも！ 嫌がらせをしたのは事実だわ！」

リディアーヌの言葉に、マリが慌《あわ》てて首を振る。

顔に浮《う》かぶのは罪悪感だろうか。苦々しげに口元を歪《ゆが》め、彼女は両手を握《にぎ》り合わせた。

「本意じゃないって言ったって、あたしは結局、ロザリーには逆らえなかったのよ。あの子を怒らせるのが怖《こわ》くて、強く言えなくて――」

「だから、ロザリーを怒らせずに済む範囲《はんい》で、あなたはできることをしたのでしょう？」

はっとしたように、マリがリディアーヌを見上げた。

リディアーヌはその視線を受け、かすかに目を細める。

「無理に逆らって、自分の立場を危なくしてまで他人を助ける必要はないわ。ただ、できる範囲であなたたちは最善を尽《つ》くしていた。それをわたくしは見て、知っています。だからわたくしに、あなたたちの謝罪はいりません」

語る声は静かで落ち着いていて、それでいて強い。

ツンと反らした顎《あご》は変わらず。背筋は伸び、視線は強く、口元には不敵な笑み。

それはまさしく、傲慢《ごうまん》で高飛車で――誇《ほこ》り高い公爵令嬢《こうしやくれいじよう》の姿だった。

「わたくしはもともと、王子妃《ひ》になるはずだったもの。人を見るのが仕事なのよ。……あなたたちがどんな人なのかは、わかっているつもりだわ」

――か。

その凛々《りり》しい姿に、私は目を奪《うば》われてしまった。

相手はリディアーヌなのに、自分のことはびっくりするほど鈍《にぶ》いのに――。

「かっこいい……！」

ぽろりと口から本音が漏れる。

そして、一度口を開いてしまうと、続けざまに言葉が出てしまうものである。

「友達作るのは下手なくせに……！」

私の余計な一言に、部屋の空気が一瞬にして凍《こお》りつく。

ツンと澄《す》ましたリディアーヌの肩《かた》が震え、表情がひくつき——ついに耐《た》え切れなくなったように、彼女は叫んだ。

「——エレノア!!」

ああ！ この口が！ 口が!!

「エレノア！ あなたってば、本当に！」

「いっ！ いだだだだ!!」

「どうしていつもそうなの！ もう！」

少し前までの真面目《まじめ》な空気はどこへやら。

リディアーヌに腕《うで》をねじり上げられ、部屋には乙女《おとめ》らしからぬ私の悲鳴が響き渡《わた》る。

「いいぞ！ もっとやれ！」

ついでに、爆笑《ばくしょう》するルフレ様の声も響き渡る。止めるどころか余計に煽《あお》るルフレ様を、私は涙目《なみだめ》で睨みつけた。

「もっとやれ、じゃないわよ！ あいたっ！」

「あっはは！ ざまーみろ!!」

この生意気神、他人事《ひとごと》だと思って！

こうなったら巻き込んでやる、と私はルフレ様に手を伸《の》ばし――。

「……仲が良いのね、あんたたち」

ぽつりと聞こえたマリの声に、手が止まった。

「羨《うらや》ましいわ。ちゃんと神様と一緒にいられる、あんたたちのこと」

リディアーヌに締《し》め上げられた私を見て、マリがかすかに目を細める。

笑顔とは少し違《ちが》う。どこか寂《さび》しそうな表情で、彼女は隣《となり》のソフィと顔を見合わせた。

「ロザリーが嫉妬《しっと》するの、わかるわ。あたしには、そんな神様はいないもの。……一緒に騒《さわ》いでくれる神様も、心配で駆《か》けつけてくれる神様も、誰《だれ》も」

「わたしもマリも、神様のお姿を一度も見たことがないの。何年も神殿《しんでん》にいるのにね」

――……一度も。

いつだったかルフレ様は、神々が聖女を選んでいないと言っていた。

神託《しんたく》を偽《いつわ》り、神殿が勝手に聖女を決めているのだ、と。

神々からしたら迷惑《めいわく》な話だ。自分で選んでもいない聖女を、わざわざ見に行くいわれはない。

だけど、偽られた聖女の方はどんな気持ちだろう。

この方に選んでもらえたのだと喜んで、一生お仕えする覚悟《かくご》でやって来た彼女たちは、どんな思いで神殿での日々を過ごしてきたのだろう。

「偽《にせ》聖女なのはあんたたちじゃなくて、あたしたちだってわかっていた。ロザリーも、本心ではきっとそう。……だからこそ、余計に妬《ねた》ましかったのよ」

押し殺したマリの声には、隠《かく》しきれない感情がにじむ。

両手はかたく握られて、肩がかすかに震えていた。

「やりすぎないように止めていても、心の中ではロザリーと同じ気持ちだったわ。羨ましくて、妬ましい。どうして偽聖女のはずのあんたたちに神様がいてくれて、あたしたちにはいないんだろう、って」

「マリ……」

名前を口にするけれど、続く言葉は出てこない。

慰《なぐさ》めの言葉を見つけられず、口ごもる私を見て、マリは自嘲《じちょう》するように笑みを吐《は》いた。

「……こんなことだから、神様はお顔を見せてはくださらないのね。きっと、ずっとあたしたちは偽聖女なんだわ」

私はなにも言えなかった。

さんざん偽聖女だと言われてきたし、実際に私は代理であって、本当の聖女ではない。

それでも私の傍《そば》には、たしかに神様がいてくれる。部屋を訪ねれば、待っていてくれる相手がいる。

当たり前のようなそのことが、今の神殿では幸福なことなのだ。私も、たぶんリディアーヌも、マリたちにかける言葉は持っていない。

「…………」

居心地《いごこち》の悪い沈黙《ちんもく》が部屋を満たしていく。

日の暮れた部屋に、燭台《しょくだい》の光が重い影《かげ》を落とした。

「……先のことは、わかんねえだろ」

そんな言葉が聞こえたのは、すっかり静寂《せいじゃく》の満ちたところ。

開け放たれた窓から風が吹《ふ》き込み、木々がざわめいたときだった。

声に振り向けば、わずかに口を曲げたルフレ様の姿がある。

窓を背に立つ彼の表情は、読めない。笑っているようにも、苦々しそうにも見えた。

「マリ――マリ・フォーレ」

その表情のまま、ルフレ様はマリの名前を呼んだ。

声はいつもの彼らしくもない。硬質《こうしつ》で鋭《するど》く、ぎくりとするほど大人びた響《ひび》きがある。

マリを見据《みす》える視線もまた鋭い。琥珀《こはく》の瞳《ひとみ》は深く、底知れない色を湛《たた》えていた。

「お前、誰もいない部屋を毎日掃除《そうじ》しているだろう。風を通す窓は特に丹念《たんねん》に。……続けてみればいい。いつか風が吹き込むかもしれない」

「は……はい……？」

突然《とつぜん》の言葉に、マリは戸惑《とまど》いの声を返す。

だが、ルフレ様はもうマリを見ていない。彼の視線は、隣のソフィに向かっている。

「ソフィ・グレース。お前はバラ園の手入れを欠かさなかったな。花も咲《さ》かないバラ園なんて、誰も見向きもしないのに。……でも、そろそろ蕾《つぼみ》くらいはつくかもしれない。咲くのはもっと先だろうが」

「ルフレ様？　どうしてそれを……」

どうしてそんなことを、ルフレ様が知っているのだろう。

口にしかけたソフィの疑問を掻《か》き消すように、彼は鋭い目を眇《すが》めた。

今の彼には、普段《ふだん》の生意気さなどどこにもない。顔に浮《う》かぶのは、ぞくりとするような――偉大《いだい》さだった。

「つむじ風のトゥール。蔓薔薇《つるばら》のフォッセ。――姿は見せなくとも、いなくなったわけじゃない」

――つむじ風。蔓薔薇。

二柱とも、神殿では下位に属する神様だ。

だけどこのとき、私が思い浮かべたのはそんなことではない。

風のない日だったのに、ロザリーから逃《に》げている間だけ吹き抜《ぬ》けた風。まだ生《お》い茂《しげ》るには早い季節なのに、ロザリーの足を止めてくれた茂み。

もしかして、あれは――。

「たとえ自分で選んだ聖女でなくとも、お前たちがしてきたことは見て、知っている」

息を呑《の》むマリとソフィを見て、ルフレ様は目を細める。

それは人ならざるものが浮かべる表情。

人々を守り、導き続けてきた神の、どこまでも偉大で――優しい微笑《ほほえ》みだった。

「あいつらは、ちゃんと傍で、見守っているよ」

ルフレ様の言葉に応《こた》えるように、部屋をふわりと柔《やわ》らかな風が流れる。

風が運んできたのだろう。かすかな薔薇の香《かお》りが鼻をくすぐった。

マリとソフィは、まだ信じられないように、互《たが》いに顔を見合わせる。だけどその表情が、少しずつ緩《ゆる》み、ほどけ――最後には、くしゃりと泣き笑いの顔に変わった。

ふん、とルフレ様は鼻を鳴らし、照れ隠しでもするように顔を背ける。

リディアーヌは、自分のことのように嬉《うれ》しそうな顔で二人を見る。

張りつめた空気は今度こそ消え失《う》せ、部屋に満ちるのは穏《おだ》やかな空気だった。

が。

しかし待て。

「……まとまりかけたところ悪いのだけど」

まさにハッピーエンドな空気の中に、低い声が割って入る。

なにを隠《かく》そう、声の主は私である。
私は涙を浮かべる二人におもむろに近づくと、その肩《かた》をぐっと摑《つか》んだ。
悪いけど、私に良い話で終わらせる気はさらさらない。
たとえリディアーヌが許し、ルフレ様や二人の神が許したとしても——。
「私は、あなたたちのこと許した記憶《きおく》はないわよ」
私に水をかけ、嫌《いや》がらせをしたことを忘れたとは言わせない。
私は二人の顔を順に見つめ、我《われ》ながら不敵な笑みを浮かべた。

エピローグ◆神様と聖女とまた明日《あした》

翌朝の私は上機嫌《じょうきげん》だった。

いつもの食堂のトレーを手に、意気揚々《いきようよう》と神様の部屋の扉《とびら》を開く。

「神様！　喜んでください!!」

浮かれた声とともに部屋に乗り込めば、窓辺で日向《ひなた》ぼっこをする神様が目に入る。

心地《ここち》好《よ》さそうにゆるんとまどろんでいた神様が、私の登場にびくりと揺《ゆ》れた。

「え、エレノアさん？　急にどうされました？」

どうやら、蕩《とろ》け切っていたところを見られたのが恥《は》ずかしいらしい。慌《あわ》てて身を硬《かた》くし、姿勢を正すようにピンと伸《の》びる神様を、しかし私はまったく気にしない。

照れる神様に大股《おおまた》で近づくと、問答無用でトレーを突《つ》き付けた。

「どうもこうも、見てください、これ！」

「……はい？」

神様は首を傾《かし》げつつも、差し出されたトレーを覗《のぞ》き込む。顔も目もないのに、どうやって見ているのだろう、なんていつもの疑問も後回しだ。

それよりも、今はトレーの上の食事が重要だった。

「温かい食事ですよ！　食堂の、できたての！」

いつもの『無能神の聖女』用の、具のないスープとパン一切れ、ではない。

食堂で聖女に配られる、ごくごく普通《ふつう》の——まだ湯気の立つ、できたての食事だ。

「これまでの詫《わ》び代わりに、マリとソフィから食事を分けてもらうことにしたんです！」

今までの嫌がらせの代償《だいしょう》として、私が二人に要求したのは食事の提供である。

二人の食事から、毎食少しずつ、私と神様用におかずを分けてもらう。おかずはマリとソフィからそれぞれ一品。合わせて二品の食事の追加で手を打った。

今後ずっと食事を減らされるということで、文句の一つでも言われるかと思いきや、私の食事を見るなり憐《あわ》れまれたのは内緒《ないしょ》である。

『なにそれ！　あんたの食事、犬の餌《えさ》!?』

『こんな量で二人分とか頭おかしいわ！　死んじゃうわよ！』

とまあさんざんな言われようだったが、そのぶんおかずを上乗せしてもらえたので怒《おこ》るまい。食べ物の恨《うら》みは深いが、一方で喜びも大きいのである。

「これまでもリディからいろいろ分けてもらっていましたけど、やっぱりアドラシオン様の屋敷《やしき》は遠いですからね。運んでいる間に食事も冷めちゃいますし、この部屋は厨房《ちゅうぼう》がないから、温め直すこともできませんし」

それに、下位の聖女と違《ちが》って、上位の聖女であるリディアーヌはなにかと忙《いそが》しい。毎日私と待ち合わせをする暇《ひま》はなく、自然と彼女に分けてもらうのは、日持ちのするパンやチーズばかりになっていた。

もちろん、それはそれで非常にありがたい。リディアーヌからもらう食事は質も良く、時間が経《た》って冷たくなっても、美味《おい》しくいただけるものばかりだ。

だとしても、やっぱり出来立ての食事というのは別の話なのである。

「いつも冷たい食事ばかりでは味気ないですもん。これで神様にも、温かい食事を召《め》し上がっていただけますよ！」

「……私に、ですか？」

「はい！」

我ながら満面の笑みを浮かべる私を見上げ、神様はぽかんと呆《ほう》けたように揺れた。

そのまま、しばし反応に迷うように揺れ続け――それから彼は、戸惑ったように体を縮こませる。

「……エレノアさん。私に、食事の好みはありませんよ」

「知っていますよ、そんなこと」

申し訳なさそうな神様に、私は当然のように頷《うなず》いた。

そのあたりの話は、すでに神様自身から聞いている。

神様には好きなものもなければ、欲しいものもない。食べ物でもなんでも他人優先で、なんなら命だって他人のために差し出しかねない無欲《むよく》なお方だ。

「それなら、どうしてわざわざ温かい食事を？　いえ、エレノアさんが美味しくいただけるなら、私は構わないのですが」

今だって、相も変わらずの一歩引いた態度。遠慮《えんりょ》がちに身を竦《すく》める神様を見下ろして、私は口《くち》の端《はし》を曲げた。

どうして、なんて答えは決まっている。

「どうしてもなにも、私が神様に美味しいものを食べてほしいんですよ」

難しいことはなにもない。ただ単に、私の好きなものを神様にも食べてほしいだけ。

それで神様が喜んでくれたなら嬉しい。喜んでくれなくても、それはそれ。食べること自体が嫌というわけでもなければ、食べて損はないはずだ。

「それにいろいろ食べれば、神様の好きなものが見つかるかもしれないですしね！」

神様の遠慮を笑い飛ばすと、私は顔を上げた。

せっかく温かい食事があるのに、いつまでも立ち話をしていてはもったいない。まずは食べることが最優先だ——と、未《いま》だ呆ける神様を横に、私は鼻歌でも歌いだしそうな気持ちで部屋を見回した。

「とにかく、温かいうちに食事にしましょう！　リディからもらったパン、たしか部屋の隅《すみ》に――」

あるはず、という言葉は出なかった。

ウキウキしながら神様に背を向け、部屋の隅に置いてあるパン入りのバスケットに足を踏《ふ》み出した、その瞬間《しゅんかん》。

ズルっと足が滑《すべ》った。

「あっ」

と声が出たときにはすでに遅《おそ》い。

私の足は床《ゆか》を踏み外し、体が大きく傾《かたむ》いていた。

……トレーを持ったまま。

――あああああああああああああああ!?

「……………って、あ、あれ？」

痛くない。転んでいない。トレーも手から落ちていない。

足を滑らせ、前のめりになった私の体は、背後から伸びる誰《だれ》かの腕《うで》に支えられていた。

――腕……？

「……本当に、あなたは危なっかしい方です」

瞬《まばた》く私の耳元に、苦笑交じりの声が聞こえてくる。

背中に感じるのは、私を包むような大きな体。支える腕は腰《こし》に回され、まるで抱《だ》き寄せられているかのようだ。

ぐっとその腕に力が込められ、私の背中が背後の誰かの体と触《ふ》れる。

服越《ご》しに伝わる鼓動《こどう》と、かすかな呼吸の音。低めの体温に、肩に触れる肌《はだ》の感触《かんしょく》は——

まぎれもなく、人の体だった。

「目を離《はな》すことができませんね、エレノアさんは」

囁《ささや》く声は、呆《あき》れたようでいて優しい。

いつもは腰より下から聞こえるはずの声が、今は私の耳をくすぐっている。

「神様……？」

「はい」

だけど、穏《おだ》やかな返事が聞こえたときには、もう私を支える腕は消えていた。

背後にいたはずの人の気配もなく、代わりにいつものぷるんとした気配がある。

「なんでしょうか、エレノアさん」

声に振《ふ》り返れば、そこにいるのは見慣れたまるい神様だ。

黒くつややかな彼の体には、もちろん腕なんて存在しない。大きさは私の腰くらい。耳元で声が聞こえることもなければ、私を包み込むこともできるはずがない。

「…………」

「どうされました？」

当の神様は、呆ける私を不思議そうに見上げていた。

いかにも無自覚な彼の様子に、私は無言でトレーを床に置く。

そのままじっと見つめれば、神様が居心地《いごこち》悪そうに体を震《ふる》わせた。

「……あの？　私になにか変なところでも……？」

「………」

「エレノアさん？」

「…………」

つんっ。

「あうっ」

つんつんつん。

「あっ、あっ、なにをなさるんですか⁉」

無言でつつく私に、神様が小さく悲鳴を上げた。困ったようにもちもち逃《に》げる神様は、やっぱりいつもと変わりない。

なんだか夢でも見ていたような気分だ。

――……でも、夢じゃないわ。

転びかけた私の体を、たしかに男の人の腕が支えてくれた。

耳元に響《ひび》く声も、背後に感じた体の感触も、まだ鮮明《せんめい》に残っている。

それに、こういうことは一度だけじゃなかったはずだ。

穢《けが》れに襲《おそ》われたときも、たぶんそれよりももっと前——はじめて穢れに触れたときも、私は彼の腕に助けられていた。


「……神様って」

逃げるように距離《きょり》を取る神様を見つめつつ、私はほとんど無意識に口を開いていた。

「もしかして、実はすごくイケメンだったりしませんか？」

「えっ。……い、いえ、そんなことはないと思いますが」

私のぶしつけな問いを受け、神様はますます困惑《こんわく》したように体を震わせる。

その、どことなく申し訳なさそうな彼の態度に、私はなんだか気が抜《ぬ》けてしまった。

——なんだ。

がっかりしているのか、そうでもないのかは、自分でもよくわからなかった。

そりゃあもちろん、顔は良い方がいいに決まっている。穢れをすべて清めて、神様が本当の姿を取り戻《もど》せたとき、今と大して変わらなかったら拍子《ひょうし》抜けするだろう。

だけど、きっと拍子抜けするだけだ。たとえ今と変わらなくとも、あるいは今よりもっと醜《みにく》い姿になったとしても、それはそれでよいのだと思う。

だって、神様はどんな姿でも神様だ。

たとえイケメンでなくても、人の姿をしていなくても、私は神様なら——。

──なら？

その先に続くだろう言葉に、私の思考が停止する。

神様なら────なんだって？

「エレノアさん？」

「ひゃい!?」

突然《とつぜん》に呼びかけられ、口から変な声が出た。

神様は不思議そうに首を傾《かし》げつつ、これまたいつも通りの、のんびりとした声でこう言った。

「温かいうちに食事にするのでしょう？　せっかく用意してくださったのに、そろそろ冷めてしまいますよ」

こちらの気も知らず、落ち着いた様子の神様が憎《にく》らしい。

悔《くや》しさに指でつっけば、神様は例によって、苦笑でもするようにぷるんと震えた。


食後には、さらにもう一つ騒動《そうどう》が待っていた。

なんとも居心地の悪い食事のあと。呑気《のんき》な神様と、やたらそわそわする私の耳に届いたのは、荒々《あらあら》しいノックの音である。

狭《せま》い部屋を揺《ゆ》らす大音量のノック音に、私たちは顔を見合わせた。

神様の部屋を誰かが訪ねるなんて珍《めずら》しい。せいぜいアドラシオン様くらいなものだけど、彼の場合は気が付いたら部屋にいて、気が付いたらいなくなっている特殊《とくしゅ》な例だ。

こうも荒くノックをする客人に、私も神様も心当たりはない。いったい誰が来たのかと首を傾げつつ、私は神様を部屋に残し、一人ノックに揺れる扉《とびら》に手をかけた。

そのまま、何気なく扉を開けた先。

私が見たのは、筋骨隆々《りゅうりゅう》の男たちである。

――……………うん？

一度目を閉じ、もう一度見ても変わらない。思わず二度見する私の目に映るのは、はちきれんばかりの筋肉を持ち、輝《かがや》く笑みを浮《う》かべる男たちの姿である。

――――誰!?

い、いや、この際彼らが誰であるかはどうでも良い。いや良くはないけど、それ以上に彼らの抱《かか》えている荷物の方が問題だった。

「エレノア様にお届け物です」

ニカッと愛想よく笑う男たちが肩《かた》に担ぐのは、テーブルや椅子《いす》、箪笥《たんす》にベッドに、その他もろもろ。すべてが、一目でわかるほどに質が良く――――……明らかに、大きい。

どこをどう見ても部屋の許容量を超《こ》えた家具の山を前に、私は返事もできなかった。

誰からのお届け物であるかは、聞かなくてもわかる。

私は立ち尽《つ》くしたまま、一つ大きく息を吸い――内心で叫《さけ》んだ。

――リディアーヌ!!

エレノアへ

手紙での連絡《れんらく》でごめんなさい。荷物は届いたかしら?

直接わたくしが出向いて確認《かくにん》すればわかることではあるけれど……今回は、やっぱり手紙から失礼します。

送ったものについては気にしないでください。

あまりに物のないクレイル様のお部屋を見ていられなかっただけで、あなたに気を遣《つか》ったわけではありません。

どれもそう高価なものではないので、遠慮《えんりょ》なく使っていただいて結構です。

不要なら捨ててもらっても構いません。

余計なお世話だとしたら……ごめんなさい。

わたくし、こういうとき、どういうものを送れば喜ぶかわからなくて。食べ物なら、あなたが喜ぶのを知っているのだけれど……。

……でも、食事の方はもう問題ないものね。

マリとソフィから、食事を分けてもらえることになったと聞きました。

それならこれからは、わたくしと待ち合わせをする必要もないでしょう。

あなたの食生活を聞いて、少しでも手助けになればと思っていたけれど、その役割もこれで終わりました。

わたくしとしても、もうあなたにからかわれることがないと思うとほっとします。

あなたってば、いつも余計な一言が多くて、怒《おこ》っても怒り足りないくらいだもの。

これでわたくしも、気持ちを落ち着けて過ごすことができます。

……。


…………でも、たまに。

本当にたまになら、あなたの余計な一言を聞くのも悪くないかもしれないわ。

たまにではなく、もう少し多かったとしても、我慢《がまん》してあげてもよくってよ。

あなたといると、騒《さわ》がしくて仕方ないけど……あなたがいないと、わたくしの作ったお菓子《かし》の感想を聞く相手がいなくなってしまうもの。

ルフレ様も喜ぶし、アドラシオン様も、わたくしが誰《だれ》かといると嬉《うれ》しそうにされるから、

……ええ、その、だから。

……だから。

用事がなくても、会いに来ても構いません。

　強制するのではなくて、あなたの好きなときにでも。軽い気持ちで、顔を覗《のぞ》かせてくれて良くってよ。

こういう関係をどう呼ぶのかくらい、わたくしにもわかっています。

あなたには好き勝手言われたけれど、わたくしだって黙《だま》ってはいられません。

言葉にしなければ伝わらないと言ったのは、あなただもの。

ええ、だから――わたくし、生まれて初めてこの言葉を伝えるわ。

光栄に思いなさい。いえ、嫌《いや》なら断ってもいいけれど。

……でも、できれば断らないでほしいの。

エレノア・クラディール。

エレノア。

……わたくしの友達に、なってくれませんか？

ああもう！　本当に――。

「友達作るの、下手すぎでしょ！」

荷物とともに渡《わた》された手紙を読み終えると同時に、私は苦々しさを叫んだ。

荷運びを終え、すっかり様変わりした神様の部屋の中。

私は運び入れたばかりの椅子に腰《こし》かけ、丸テーブルの端《はし》に肘《ひじ》を置く。

「だったら、今までの私はリディにとってなんだったのよ！」

恨《うら》めしさ半分、呆《あき》れ半分に私は息を吐《は》いた。

友達でもなんでもないなら、彼女にとっての私は、単に食べ物をたかりに来る図々《ずうずう》しいやつだった、ということになってしまう。

――……いえ、否定できないわね。

弁解の余地もないくらい、図々しいやつだった。

初対面で食事を恵《めぐ》んでもらうわ、軽口を叩《たた》くわ、その後も定期的に食事の世話になるわで、よくよく考えなくても「なんだこいつ」と思う面《つら》の皮の厚さである。

――……でも、誰からももらうわけじゃないのよ。

いくら私が図々しいと言っても、もらうばかりで申し訳ないと思う心くらいはある。

これでもいつかは、私だって別の形で返したいと思っていた。

それがいつになるかはわからないけど——そんな曖昧《あいまい》な未来まで、付き合っていけると思えるから受け取ることができるのだ。

——まあ、本当にいつになるかわからないけど。こんなもの送ってきて！

私は苦々しく息を吐くと、周囲を見回した。

狭く貧相な神様の部屋の中を、今は場違《ばちが》いなくらいに上等な家具が埋《う》めている。

——なにが『そう高価なものではない』よ。完全に大貴族用だわ！

繊細《せんさい》な装飾《そうしょく》が施《ほどこ》された丸テーブルと、椅子が二脚《きゃく》。柔《やわ》らかなベッドに、ふかふかの二人がけソファ。壁《かべ》に据《す》えれば、それだけで装飾品に見える華美《かび》な棚《たな》。

これでも、山ほど送られてきた家具の中から厳選に厳選を重ねたのだ。

神様とも相談して、派手過ぎず大きすぎず、落ち着いたデザインの家具だけを選んだつもりが、この有様。公爵令嬢《こうしやくれいじよう》の身分を思い知らされる。

ちなみに部屋に入りきらなかったものは、荷運びの男たちに頼《たの》んでリディアーヌに送り返してもらった。手紙には『捨ててもらっても構いません』と書いてあったが、捨てるなんてとんでもない。伯爵《はくしやく》家の人間であることも忘れ、すっかり貧乏性《びんぼうしよう》の身に付いた私に、そんなもったいないことができるはずはなかった。

――……でも、失敗だったかしら。

あまり深く考えず送り返してしまったけど、今になって不安がよぎる。

もしかして彼女、勘違《かんちが》いしないだろうか。

こんなに送り返してくるなんて、きっと迷惑《めいわく》だったんだわ――なんて、いかにもリディアーヌの考えそうなことだ。

――態度は偉《えら》そうなのに、意外と繊細だものね。

一人で思い悩《なや》む彼女の姿が、簡単すぎるほど簡単に頭に浮かぶ。

その原因が私だと言うのなら――友達として、放《ほう》っておくわけにはいかなかった。

――まったく、世話の焼ける友達だわ！

苦笑いを浮かべると、私は手紙から顔を上げた。

視線の向かう先は、テーブルを挟《はさ》んで向かいに座る神様だ。

いや、座るというよりは、『乗る』と呼ぶ方が近いだろうか。

不慣れな椅子《いす》に上手《うま》く乗れず、端からずり落ちる瞬間《しゅんかん》を目《ま》の当たりにして吹《ふ》き出してしまったことはさておき。

「神様。ちょっとお願いしたいことがあるのですが」

恥《は》ずかしそうにぷるんと弾《はず》み、再び椅子によじ登る神様へ、私は期待を込めて伺《うかが》いを立てる。

「せっかく部屋もきれいになりましたし、人を呼んでも良いですか？　明日《あした》あたりにでも予定を聞いて、近いうちにでも。リディアーヌに、家具のお礼をしようと思うんです」

思えばいつも、リディアーヌにはもてなされてばかりだ。

最下位の聖女で、生活も苦しい。神様の部屋は空っぽで、とても人を招けない。ということで、私もついつい、リディアーヌの好意に甘え切ってしまっていたけれど。

――たまには私から歓迎《かんげい》しないと罰《ばち》が当たるわね。

神様も、リディアーヌなら嫌な顔はしないだろう。

アドラシオン様もいらっしゃるなら、神様も楽しいかもしれない。

ルフレ様は……まあ勝手にくっついてくると思う。

賑《にぎ》やかな部屋を思い浮《う》かべると、それだけで頬《ほお》が緩《ゆる》む気がした。

「どうでしょう、神様」

もちろん、人を呼べるかどうかは部屋の主人である神様次第《しだい》だ。

だけど私は、断られるなどつゆほども思っていなかった。それどころか、まさか――

「えっ。……エレノアさん。まさか、明日もこの部屋にいらっしゃるつもりなんですか？」

なんで来るんだ、と言わんばかりの返答をもらうなど、想像すらしていなかった。

「か、神様……？」

神様は、今はぷるんともしていない。

冗談《じょうだん》を言っている様子もなく、心底から不思議そうな神様に、私の体が凍《こお》り付く。

「私に、なにかご不満が……？」

聞くのも怖《こわ》いけれど、聞かないわけにもいかず、私は震《ふる》える声で尋《たず》ねた。

これでも一生懸命《いっしょうけんめい》やっていたつもりだけど、なにかやらかしてしまったのだろうか。

いや、実際にやらかしている。神様を突《つ》いて伸《の》ばして、おまけに下敷《したじ》きにした。

弁明のしようもない……。

「ああ、いえ、私がエレノアさんに不満を持っているわけではありませんよ」

震える私に、神様は柔《やわ》らかく否定する。よかった。

よかったけれど、だとするとなにがご不満なのだろう。

そう思う私に、「ただ」と神様が言いにくそうに口ごもる。

「エレノアさんご自身が、もうこの部屋に来るつもりはないだろう、と思ったんです」

「……私が？」

ピンとこない私に、神様が「はい」と頷《うなず》く。

いつもの穏《おだ》やかな声には、少しだけ寂《さみ》しげな響《ひび》きがあった。

「彼に――ルフレさんに、聖女にと誘《さそ》われているのでしょう？　人間にとっては、彼の聖女の座は魅力《みりょく》的ですから」

げほ、と私はせき込んだ。危《あや》うく椅子から転げ落ちそうになりながら、私は神様を見て目を見開く。

「ど、どうして神様がそのことを⁉」

ルフレ様から誘われたのは本当のことだ。

昨日、神官たちに事情を説明し、宿舎に戻《もど》る帰り道。私は彼から、ぽろっと、そんな意味合いのことを告げられていた。

でも、あのときは周囲に誰《だれ》もいなかったはず。別に後ろ暗いことではないけど、私自身も誰にも言うつもりはなかったのに。

「なんとなく、でしょうか」

動揺《どうよう》する私に、神様はどことなく苦《にが》そうに息を吐いた。

黒い体は、いつもよりも静かに揺《ゆ》れている。

「彼があんなに素《す》を見せることは少ないですから。……彼のあなたを見る目に、そんな気がしたんです」

「…………」

返す言葉は、すぐには出てこなかった。

代わりに、私は少しの間、無言で神様の姿を見つめる。

体もなく、顔もなく、目も口もないままに揺れる神様は、明らかに人間のものではない。

人間と同じように、表情を読むことなんてできないけれど――。

それでも、彼が不安そうにしているのはよくわかる。

すっかり彼の感情が読めるようになっている自分自身に、私は自分で笑ってしまった。

「……明日も来ますよ」

その笑みのまま、私は当たり前のことを口にする。

「だいたい、ルフレ様のあれは、冗談ですよ。本人もそう言っていましたし、最後はいつも通り、馬鹿《ばか》にしてきましたし！」

思い出しても腹立たしいルフレ様の態度に、私は「ふん！」と息《は》を吐く。

あの生意気神、いつか反省させてやる！　――などという恨《うら》みつらみは置いておいて。

それに、と言って、私は強張《こわば》ったままの神様に、首を横に振《ふ》って見せた。

「たとえ本気だったとしても、ルフレ様の聖女にはなりませんよ」

かつて、聖女を目指していたときだったなら、きっと喜んだだろう。

だけど今は、他《ほか》のどの神様に誘われても、答えは決まっている。

「――だって」

始まりは不本意。一時的な代理の聖女で、正真正銘《しょうしんしょうめい》の偽《にせ》聖女。

それでも、今、このときは紛《まぎ》れもなく――。

「私は、神様の聖女ですから！」

腰《こし》を浮かせ、テーブルに両手を突き、私は前のめりにそう言った。

向かい側に座る神様が、強張った体を、瞬《まばた》きでもするようにぴくりと揺らす。

それから——少しの間のあとで、強張った神様の体が、ようやくゆるんと柔らかさを取り戻す。

「……エレノアさん。それなら、これからもよろしくお願いしますね」

「はい！」

大きく頷きを返せば、彼はゆるんだ体を大きく震わせた。

朝の明るい日差しの下。微笑《ほほえ》むように揺れる黒い体が光を返す。

それはまるで、まばゆい金の光のようにも見えた。

番外編1◆もうひとつのエピローグ

空はすっかり暗くなっていた。
瞬《また》く星々を見上げ、ルフレは息を吐《は》く。
春でも夜は冷える。穢《けが》れを負って重たい体に、冷たさが染《し》みるようだった。
――……あーあ。
手を空に透《す》かせば、黒く変じた指の先が見える。
人前では肌《はだ》の色を誤魔化《ごまか》していても、彼の体から穢れが消えたわけではない。
浄化《じょうか》することも手放すこともできなかった重みに、彼は口元を歪《ゆが》めた。
もう限界だと思っていたのに、それでもまだ引き受けてしまう自分が馬鹿《ばか》らしい。
――ロザリー……。
内心で、彼は苦々しくその名前をつぶやく。
自分の聖女を自称《じしょう》し、突《つ》き放しても聞く耳を持たず、逃《に》げれば追いかけてくる厄介者《やっかいもの》。
好意的には思えなかった。いや、はっきり言えば相当嫌《きら》っていたと思う。
彼女の穢れは、今、彼の体に加わっていた。人間の少女たちをかばう間に、少しずつ体に染み込んでいたのだ。

この穢れを、捨てるのは難しくない。『あの方』がしたように、受け止めず消し去ってしまえばいい。

それだけならルフレにもできる。いっそ、その方が穢れにとっても幸福かもしれない。

だけど――頭の中に声が響《ひび》く。

『――るぶれざま』

引き受けた無数の穢れの、無数の声が聞こえる。

恨《うら》み、妬《ねた》み、憎《にく》しみを宿した――救いを求めて、縋《すが》るような声。

『わだじがぜいじょなの、わだじをみで、わたしを、どうか――』

穢れとは、人の心だ。

人の身に抱《かか》えきれずにあふれ出した、なによりも強く、哀《あわ》れな思いだ。

握《にぎ》りつぶすのも慈悲《じひ》だろう。消してしまえば、きっと彼らも楽になる。

だけどそんなことができるなら、最初から引き受けたりはしなかった。

あのとき――穢れの下で大いなる神の姿を見たとき。嘆《なげ》きの声に遮《さえぎ》られたのは、制止の言葉だった。

やめてくれ――と叫《さけ》んだのだ。どれほど醜《みにく》くとも、それはロザリーの心なのだ、と。

――馬鹿だよなあ。

人を見捨てられる神は、とっくに穢れを捨てて神殿《しんでん》を出て行った。

彼らは賢明《けんめい》だ。かつて、建国神アドラシオンと作り上げた人との交わりは、もうとっくに絶えている。

人々は神を忘れ、踏《ふ》みにじり、増長した。人を見捨てられず、守ろうとした神々さえ、今は姿を見せられないほど疲弊《ひへい》した。

もはや彼にできることはなにもない。増していく穢れを抑《おさ》えることもできず、『あの方』が限界を迎《むか》えるのを待つだけだ。

神を蔑《ないがし》ろにする人間を、神はいつまでも守らない。『あの方』は、それを体現するお方。穢れに堕《お》ち、悪神に堕ちたとき、それは人間の終わるときだ。

遠くない未来だろうとわかっていた。今や『あの方』は醜く変わり果て、記憶《きおく》さえも失ってしまったのだ。

——それなのに、まだ、期待を捨てられないなんてな。

いつかまた、本当の意味での聖女が現れるのではないか。

神と人間との交わりを、もう一度取り戻《もど》せる日が来るかもしれない。

そんな淡《あわ》い期待を抱《いだ》き続け、ついに穢れに染まった指先を見て、彼は自嘲《じちょう》気味に笑った。

そのときだ。

「──ああ、いた、ルフレ様！」

飛び込んできたのは、耳に馴染《なじ》んだ生意気な声。

はっと顔を上げた視線の先。神官たちへの報告を終え、宿舎に帰ろうとしていたはずの人間の少女が──。

エレノアが、一人輪から抜《ぬ》けていたルフレのもとへ駆《か》けてくる。

「急にいなくなったと思ったら、こんな裏手にいて！　捜《さが》したわよ！」

近づいてくるエレノアに、とっさに彼は指先を隠《かく》した。

誤魔化そうと力んだ顔が、知らず渋面《じゅうめん》を形作る。

「な……なんだよ。お前に捜されるような覚えはねーんだけど」

なんてことのない態度を取ろうとすれば、口から出るのはいつも通りの悪態だ。

目の前で足を止めたエレノアを睨《にら》みつけ、彼はついつい要《い》らない言葉を吐く。

「帰ったんじゃねーのかよ。まさか、また俺に送って行けとか言う気じゃないだろうな？　誰《だれ》がお前みたいなブスを送るか！」

「そんなこと言わないわよ！　心配して捜しにきたのに、失礼ね！」

「はあ？　心配ぃ？」

エレノアも怯《ひる》まず言い返してくるものだから、言い合いが止められない。

──こんなこと、言いたいわけじゃねーのに……。

普段《ふだん》ならもう少し取り繕《つくろ》える態度も、彼女の前だとどうにも上手《うま》くいかない。

無防備なくらいに素《す》を晒《さら》す自分が腹立たしく、余計に口も悪くなる。

「どうして俺が、お前なんかに心配されなきゃならねーんだよ。人間のくせに！」

「は—⁉ 心配するに決まってるでしょ！ あなた、穢れに触《さわ》ったくせに！」

「穢れ……って」

ルフレは無意識に、隠した指先を握りしめる。

たしかにルフレは穢れに触《ふ》れた。エレノアたちを逃がすため、取り込まれかけたソフィを助けるため、すでに限界が近かった体に新たな穢れを受け入れた。

穢れは重く、彼の体を染め上げる。弱り切った彼には、もう姿を保つことも難しかった。

だけどそんな素振《そぶ》りを見せたつもりはない。

人間たちの前では、ずっと平気な顔をしてみせていたはずなのに。

「触ったところ、見せてみなさいよ！ ルフレ様ってけっこう見栄《みえ》っ張りだし、どうせ我《が》慢《まん》してるんでしょう？」

「見栄っ張りじゃねーよ！」

図星を突かれて言い返すルフレを、エレノアが見透《みす》かしたように笑う。

いかにも生意気な笑《え》みは、だけどすぐに切り替《か》わる。

先ほどとは打って変わって真面目《まじめ》な顔で、彼女はじっとルフレを見る。

「清めるわよ、穢れ。……必要ならだけど」

「…………え」

思いがけないエレノアの言葉に、ルフレは言葉を詰《つ》まらせた。

エレノアにふざけた様子はない。まっすぐに己《おのれ》を見据《みす》える濃緑色《のうりよくしよく》の瞳《ひとみ》に、なにを言っていいのかわからなかった。

「ルフレ様には、なんだかんだで助けてもらったもの。今日は神様の穢れも清めてないし、魔力《まりよく》が残っているのよ。……って言っても、もともとたいした量ではないんだけど」

少し申し訳なさそうに目を伏《ふ》せるが、彼女はすぐに首を振《ふ》る。

再びルフレに向ける表情は、申し訳なさなど忘れたような明るいものだ。

「まあ、応急処置ってことで。やらないよりはマシでしょ！」

その言い分は、いかにも彼女らしい。

呆《あき》れるくらいに能天気で前向きな言葉に、ルフレはぽかんと口を開けた。

――なんて単純なやつ……。

暗い夜の空の下。エレノアは星を背にして、えらくもないのに胸を張る。

その顔に浮《う》かぶ不敵な笑みに、ルフレはいつの間にか目を細めていた。

光は自分であるはずなのに、彼女の方こそまぶしかった。

「……お前さ」

閉じていた口からは、不思議といつもより少し穏《おだ》やかな声が出る。

なかば呆れ、なかば——ほんのわずかな期待を込め、ルフレは苦笑《くしょう》交じりにエレノアを見た。

「穢《けが》れを清めるって、なにするか分かってんの？」

「もちろん！」

エレノアは迷いなく頷《うなず》いてから、はっとしたようにルフレを見返す。

さっきまで自信に満ちていた顔が、今度は真っ赤に変わっていった。

「……って！　へ、変な意味じゃないからね！　その、ね、寝《ね》る……とか、そういうのじゃなくて！」

頬《ほお》を染め、視線を泳がせ、彼女は一歩後ずさる。

だけど一歩で足を止め、はたと思い出したようにルフレを睨んできた。

「というか！　穢れを清めるには手を触《ふ》れるだけでいいんじゃない！　なんであんな嘘《うそ》を吐《つ》いたのよ！」

「……ああ」

言われて、ルフレは以前エレノアに告げた言葉を思い出す。

穢れを清めるために、寝る必要があるとかなんとか——そんなことを言った気がする。

「そこまで嘘じゃねーんだけどな」

穢れを浄化《じょうか》するためには、神から人に穢れを渡《わた》す必要がある。

神は相手の魔力に合わせ、浄化できる分だけを渡すとはいえ、その調整は難しい。少しでも間違《まちが》えば、相手に苦痛を与《あた》えることになる。

肌《はだ》を合わせるのは、その苦痛を紛《まぎ》らわせるためだ。

もとより、穢れを渡すには素肌《すはだ》を交わす必要がある。その際に苦痛を誤魔化《ごまか》し、意識を逸《そ》らせるには、都合のいい手段だった。

――そもそも、それだけの仲でもないとやらねーことだし。

人間からすれば、力加減を誤れば穢れに呑《の》まれると知っていて、それでも身をゆだねられる相手。

神からすれば、苦痛を与える恐《おそ》れがありながら、それでも耐《た》えるようにと求めることのできる相手。

神と聖女とは、本来はそういうものだった。

――……まあでも、手を触れるだけと思っているなら、それで。

あの方ならきっと、それで済ませられるのだろう。

彼女がそれで済んでいることに、ルフレはなぜか妙《みょう》にほっとしていた。

――いや、『なぜか』じゃねーよな。

ふ、と苦々しく息を吐き出すと、彼は未《いま》だ顔の赤いエレノアに一歩近づいた。

手を伸《の》ばさずとも届く距離《きょり》。思いがけない近さに、エレノアがぎょっと目を見開く。

だけど気にせずもう一歩。触れ合うほどに近づくと、彼はそこで立ち止まった。

「ルフレ様……⁉」

らしくもなく戸惑《とまど》った表情で、エレノアが足を引く。

そのまま距離を取ろうとする彼女の肩《かた》を、しかしルフレの手が捕《つか》まえた。

「触れなきゃ清められないだろ」

「そ、そうだけど……！」

手を触れるだけなら、こんなに近づく必要はない。

なにをされるのかと困惑《こんわく》する彼女を見て、ルフレは口元を歪《ゆが》めた。

笑っているのか、そうでないのかは、彼自身にもよくわからない。

「……悪いな」

摑《つか》んだ肩を引っ張れば、よろけたエレノアの顔が近付く。

きょとんと呆《ほう》けた瞳には、自分の姿が映っている。

いかにもピンと来ていない、無防備な彼女の様子に、胸が疼《うず》くような心地《ここち》がした。

一瞬《いっしゅん》だけ、ルフレは戸惑いに結ばれたエレノアの唇《くちびる》を見る。

簡単に触れられそうな気がしたけど——少しの迷いの後で、彼は視線を上に移した。

背丈《せたけ》は互《たが》いに同じくらい。ルフレの方が、指一つか二つぶん高いだけ。正面を向き合えば、同じ高さにエレノアの顔がある。

その顔の少し上。癖《くせ》のある前髪《まえがみ》に、ルフレは手を伸ばした。

「俺は、あの方ほど上手くはできないから」

彼女の気を逸らしてやるために――あるいは、もっと単純な思いを込めて。

指先で軽く髪をのけると、ルフレはいつもからかってばかりの彼女の額に、そっと唇を寄せる。

唇が触れた一瞬。ルフレは穢れをエレノアに明け渡した。

同時に、頭に響《ひび》く声がほんのわずかに小さくなる。

穏やかに失われていくその声に、彼は静かに目を閉じた。

エレノアに渡したのは、今日引き受けたばかりの穢れの、ほんのわずかにすぎない。

だけど、大半の穢《こころ》れを消され、今も目覚めない『彼女』にとって、それがどれほどの救いになるだろう。

――久しぶりだな、こういうの。

聖女と神の交わりが絶えてから、もう数百年。

溜《た》め込むばかりだった穢れを託《たく》せたのは、いつ以来だろうか。

懐《なつ》かしい浄化の感触《かんしょく》は、彼の方こそ救われた気持ちになる。

思わず、感慨《かんがい》にため息を吐こうとして――。

「は――はあああああ!?」

息を吐くよりも先に、顎《あご》にゴチンと痛みが走った。

思いがけない衝撃《しょうげき》に、吐き出しかけた息を呑む。ため息と一緒《いっしょ》に出かけた感慨も呑む。

胸の中にきざした想《おも》いやらなにやらは、この瞬間《しゅんかん》に完全に消え失《う》せた。

「い……ってえ!?」

なにごとかと目をやれば、額に手を当てて目を見開くエレノアの姿がある。

想像するまでもなく、顎の痛みは彼女の額が原因だ。

「なにすんだよ、いきなり！」

「それはこっちのセリフよ！　穢れを清めるんじゃないの!?　あなた、乙女《おとめ》に勝手になにしてんのよ!?」

「はあ!?　乙女ぇ!?」

そうじゃない、と思いつつも、口から出るのはやっぱりいつもの悪態だった。

上手《うま》く気を逸らせてよかったとか、穢れの影響《えいきょう》がなくて安心したとか、そんなことが言えればよかったのに――。

顔を赤くするエレノアに向け、彼は言いたくもない言葉を口にする。

「乙女は頭突《ずつ》きなんてかまさねーよ！」

「乙女だって頭突きくらい普通《ふつう》にするわよ！」

「いや、しないだろ⁉　絶対に普通じゃねーよ！」

「私にとっては普通なのよ！」

言い争いの中身は、いつも通りくだらない。まるで子供の喧嘩《けんか》である。

穏やかな静寂《せいじゃく》は消え失せ、今は風の音さえも聞こえない。

頭の中に響き続ける、無数の穢れの嘆《なげ》きも遠のいて、いつしか明るい騒《さわ》ぎ声だけがルフレの中に満ちていた。

――ああ、もう……！

止めどころのない無益な争いに、ルフレは笑ってしまう。

――こいつ、俺が神だということを忘れてるんじゃないか⁉

そうは思っても、不思議と悪い気はしなかった。

その事実が、逆に苦々しい。あまりの苦さに、勝手に顔が歪んでいく。

笑っているような、不機嫌《ふきげん》なような、そうでもないような。自分でもわからない顔を見て、エレノアが訝《いぶか》しそうな顔をした。

「……ルフレ様？」

眉《まゆ》をひそめてこちらを見上げるエレノアに、ルフレは口を曲げた。

不遜《ふそん》な彼女の瞳《ひとみ》には、神に向かう敬虔《けいけん》さもなければ、神と対等に語っているという自負もない。

——穢れを清めても、人ひとり救っても、ぜんぜん自覚ねーの。

もちろん、彼女は誰《だれ》かを救ったことを知らないし、穢れを清めることの重みも知らないのだから当然だ。

だけど知ったところで、きっと彼女は当たり前に受けいれるのだろう。

そうやって当たり前のように、この先を彼女と過ごしていきたかった。

「……お前さ」

言い争いも止《や》み、静けさの戻《もど》った星空の下で、ルフレは知らず口を開いていた。

エレノアの頭上で、星々が瞬《またた》いている。宝石のように鮮《あざ》やかな星のきらめきも、だけど今は目に入らない。

彼の目が映すのは、たいして美人でもない、喧嘩ばかりで可愛《かわい》げもない、生意気な人間の少女だけだ。

「エレノア。お前、俺の聖女にならないか？」

こぼれ出た声は、重たい響きではなかったはずだ。

軽口の一つのようにさりげなくて、聞き逃《のが》しても無理はなかった、はずだ。

だけどエレノアは、聞き返すこともしないし、笑い飛ばしもしなかった。

ただ、驚《おどろ》いた顔でルフレを見上げるだけだ。

「ルフレ様……」

そう言ったきり、彼女の口から続く言葉は出てこない。

驚きの表情は少しずつ消え、代わりに浮《う》かぶのは真剣《しんけん》な表情だ。

唇を引き結び、難しそうに眉根《まゆね》を寄せた彼女の、見たこともない真面目《まじめ》な顔に、ルフレの方こそ戸惑ってしまった。

――どんな顔してんだよ、俺。

そんなに考え込ませるような顔をしているつもりはなかった。

いつも通り。なんてことのない笑《え》みを浮かべているはずだ。

そう思うのに、口は笑みを形作らない。頰《ほお》は強張《こわば》っていて、吐く息は少し重い。

エレノアが黙《だま》り、ルフレも黙れば、周囲を静けさが満たしていく。

不意の静寂は痛くて、いっそ笑い飛ばしてほしかった。

だけど笑わず、真面目な顔で受け止め、悩《なや》んでくれている彼女が――嬉《うれ》しかった。

答えなんて、最初からわかっていたのに。

「……ごめんなさい」

長い沈黙《ちんもく》の後で、彼女は顔と同じくらい真面目な声でそう言った。

予想した通りの答えに、ルフレはくしゃりと顔を歪める。

まるで笑むような歪み方だけど、笑っていないことだけは自分でもよくわかった。

「……なんだよ。エレノアのくせに、俺じゃ不満かよ」

ふん、と鼻で息を吐くと、ルフレは表情を隠《かく》すようにそっぽを向いた。

エレノアの姿が見えなくなれば、苦々しさはますます募《つの》っていく。

くそっ、と内心で吐き捨てると、彼は誤魔化《ごまか》すように声を上げた。

「あーあ、見る目ねーの！　こんな、めちゃめちゃいい男、他《ほか》にいねーぞ！」

「……そうね」

軽口のつもりの言葉に、返ってくるのは思いがけない肯定《こうてい》だ。

茶化しているわけでもない。馬鹿《ばか》みたいに真摯《しんし》な顔で、彼女はルフレに頷《うなず》いた。

「私もそう思う。いつもふざけてばっかりだけど、ルフレ様が本当は立派な神様だってこと、今日のことでよくわかったわ」

聞きたくもないのに、静寂の中に彼女の声だけが響く。

「自分が弱っているのに助けに来てくれて、他の神々が見捨てた人間を、まだルフレ様が見捨てないでいてくれているんだってこと、よくわかった。普段《ふだん》はほんと生意気で、ふざけてばかりで腹が立つけど――やっぱりルフレ様は神様なんだわ」

エレノアの声を聞きながら、ルフレは奥歯を強く嚙《か》む。

彼女が告げた言葉を、そっくりそのまま返してやりたい。

普段はふざけているくせに――こういうときばっかかり。

「私を聖女にしたいと思ってもらえたこと、本当にすごく嬉しいの。……きっと、もっと別の時に聞いていたら、喜んで受けたと思うわ」

――別の時に。

別の時に声をかけていれば、なにか変わっただろうか。

もう少し早く告げていれば、もう少し出会うのが早ければ。あるいは、もう少し態度を変えて、神らしく接していれば。

頭の中に、無数のもしもが浮かぶ。だけどすべて、無意味な想像だ。

別の時なんてない。『こう』でなければ、ルフレはエレノアを聖女にしたいとは思わなかった。

「でも、私には神様が――クレイル様がいるから」

いまだ迷いのある表情で、だけどたしかな声で、彼女はそう言った。

「代理でなった聖女だけど、正直、いつまで神殿《しんでん》にいるのか自分でもわからない状況《じょうきょう》だけど。……それでも、神殿にいられるうちは、神様の力になりたいと思うの」

「…………」

「だから、ルフレ様の聖女にはなれません。……ありがとう。でも、ごめんなさい」

うんざりするほど真剣な声が、夜の空に消えていく。

ルフレは両手を握《にぎ》り、少しの間無言で唇《くちびる》を噛みしめた。

——……あーあ。

最初のきっかけは、彼女が『あの方』の聖女候補になったからだ。

本当に選んだ相手ではなく、押し付けられただけ。それなのに、醜《みにく》く忌《い》み嫌《きら》われる『無能神』の聖女を続けようなんて、どんな奴《やつ》かと見に行っただけ。

そうでもなければ、魔力《まりょく》もろくにない人間の少女に、興味を抱《いだ》くことすらなかった。

他の神に誘《さそ》われて、迷わず仕える神を変えられる相手なら、こんな思いを抱くこともなかった。

——ばーか。

誰に向けたのかもわからない言葉を胸で吐き、彼は一度、小さく頭を振《ふ》った。

それからようやく、逸《そ》らした顔をもう一度エレノアに向ける。

——……似合わねー顔しやがって。

深刻な、いかにも思いつめたような彼女の表情に、ルフレは顔をしかめた。

真剣に考えてくれて嬉しい。自分を選ばない彼女が憎《にく》らしい。あの方が羨《うらや》ましくて、悔《くや》しい。

言いたいことは山のようにあったけれど——。

すべてを心の奥に隠し、彼は大きく息を吸う。

「——なに本気にしてんだよ！　馬鹿じゃねーの!?」

静寂《せいじゃく》の夜、張り詰《つ》めた空気にひびが入る。

ルフレの口から吐き出されたのは、今度こそいつも通りのふざけた声だ。

表情は生意気な少年そのもの。口を曲げて不敵に笑えば、エレノアが呆《ほう》けたように瞬いた。

「……は？」

「冗談《じょうだん》に決まってんだろ！　誰《だれ》がお前みたいな魔力もない聖女なんて選ぶかよ！　真剣に考えてんじゃねーよ！」

「は？　え？　ルフレ様!?」

「真面目すぎて逆にビビったわ！　冗談通じなすぎてやベーだろ！」

勢い任せに言い捨てれば、戸惑《とまど》うエレノアの表情が変わっていく。

信じられない、と言いたげに目を見開いた彼女の顔は、ルフレの見慣れたものだった。

「は……はああ!?　冗談って、こっちは真剣に答えたのよ!?　なにその態度!!」

声を荒《あら》げて怒鳴《どな》るエレノアに、かえって肩《かた》の力が抜《ぬ》けた。

悔しいくらいに居心地《いごこち》の良い、馴染《なじ》んだ空気が夜に満ちる。

静けさは、もう消えていた。

「うっせえ！　騙《だま》される方が悪いんだよ！」

「騙す方が悪いに決まってるでしょう！　――って、待ちなさい!!」

怒《いか》りに叫《さけ》ぶエレノアの声を聞かず、ルフレは彼女に背を向けた。

地面を蹴《け》れば、体がふわりと宙に浮く。

わめくエレノアを見下ろして、彼は鼻で笑ってみせた。

「誰が待つかよ！」

はん、と吐き捨てると、彼は渾身《こんしん》の思いを込めて叫ぶ。

悔しさも、負け惜《お》しみも、言葉にできない無数の感情も、すべて込めて。

「断ったこと、後悔《こうかい》しろ！　ブ――――ス!!」

見上げた空には、鮮《あざ》やかな星が瞬《またた》いている。

星々に紛《まぎ》れるように、彼は上空へ向けて駆《か》けだした。

微《かす》かににじんだ星の色は、きれいだった。

きれいすぎて、腹が立つくらいだ。

「くっそ――――!!」

星なんかよりもずっと、彼女の方がきれいだなんて、言えるはずがなかった。

番外編2◆『欲しいもの』の答え

彼は困り果てていた。

神殿外れの、いつもの小さな彼の部屋。

その部屋には不釣《ふ》り合いな上等のベッドの上で、彼は居心地悪く体を震《ふる》わせる。

時刻は昼を少し過ぎたころ。昼食を終え、穏《おだ》やかな午後の空気が眠気《ねむけ》を誘う時間帯。

現在。彼の体の上には、眠気に抗《あらが》えなかったエレノアの頭が載《の》っていた。

――いったい、どうしてこんなことに……？

いや、どうしてもなにも、眠《ねむ》そうなエレノアにベッドを貸したのは彼自身である。

ここ最近の騒動《そうどう》で疲《つか》れていたのだろう。彼女は恐縮《きょうしゅく》しながらも、ベッドに横たわるとすぐに寝息《ねいき》を立て始めた。

その寝息を聞いているうちに、いつしか彼もうとうとし始めて、気が付いたときにはこの状況だ。

彼を枕《まくら》に、エレノアはぐっすりと眠ったまま。身じろぎ一つしようものなら、枕を逃《のが》すまいとエレノアの手が伸《の》びてくる。

ぎゅっと体の端《はし》を握られ、頬《ほお》を無防備に押し付けられ、彼は身動きが取れなかった。

――困った……。

彼は心底から途方《とほう》に暮れ、体の端を震わせた。

こうなってしまうと、無理に抜け出して、起こしてしまうのも忍《しの》びない。エレノアの目が覚めるまで、大人しく枕の役割をするしかなさそうだ。

まあ、でも――仕方がないかと、彼は部屋を見回して嘆息《たんそく》する。

かつては光すらも入らず、埃《ほこり》と朽《く》ちた家具ばかりが埋《う》め尽《つ》くしていた部屋は、今はすっかり様変わりした。

埃は払《はら》われ、家具は新しいものに取り換《か》えられ、磨《みが》かれた窓からはわずかながらも光が差す。

壁際《かべぎわ》には、エレノアが友人から分けてもらったパンやチーズ入りのバスケット。隙間風《すきまかぜ》が寒いだろうと、彼女が自ら直した不格好な壁の割れ目。燭台《しょくだい》に差す蠟燭《ろうそく》も、暖炉《だんろ》にくべるための薪《まき》も、『無能神』の聖女では手に入れるのは難しかっただろう。

彼女の過ごした神殿での一か月は、彼の生活を整えるために奔走《ほんそう》する日々だ。他《ほか》の聖女であれば当たり前に得られるものを、彼女はずっと駆け回って探していた。

それがようやく落ち着いた今、気が緩《ゆる》んでしまうのも無理はない。すっかり力が抜けた様子で眠り続けるエレノアに、彼はひとり笑《え》みを漏《も》らす。

――私に、ここまでしてくださる必要はないのに。

醜く力のない彼に尽くしたところで、彼から返せるものはなにもない。虐《しいた》げられることも捨て置かれることも当たり前の彼は、聖女が自分の役目を放棄《ほうき》したところで咎《とが》めるつもりもなかった。

彼はアドラシオンやルフレのように、人間に期待はしていない。過《あやま》ちに怒り、正そうという意思もない。人の先行きを案じ、罰《ばつ》を与《あた》えてまで導くほど、優《やさ》しい神ではない。

人間にとって、罰も見返りもない神だ。構う価値など、人間にはないだろうに。

『どうしてもなにも、私が神様に美味《おい》しいものを食べてほしいんですよ』

以前に聞いたエレノアの言い分を思い出すと、知らず口元がほころぶ気がした。

見返りを期待しない、ある意味わがままな彼女の行動は、すっかり彼の生活を掻《か》き乱してしまった。

泥《どろ》のような、沈《しず》み込むような静謐《せいひつ》な日々はもう遠い。踏《ふ》み荒《あ》らされた孤独《こどく》な日常は戻《もど》らず、いつしか彼女が来るのが当たり前に変わっていた。

彼には望むことなどなかったはずなのに。

明日《あした》も来る、と言ってくれたこと。その言葉通りに来てくれたことに安堵《あんど》している。

「……エレノアさん」

名前を口にすれば、疼《うず》くような感情が兆《きざ》す。神らしくもない、奇妙《きみょう》に人間じみた感情を胸に抱《いだ》き、彼は眠る少女の髪《かみ》を、その手のひらでそっと撫《な》でた。

膝《ひざ》の上、くすぐったそうに寝返《ねがえ》りを打つ彼女の姿に、くすりと口から笑みが漏れた。


……という夢を見た、気がする。

髪をくすぐる誰かの手の感触《かんしょく》に、ふと目を覚ましたのはすっかり日も暮れたころ。影《かげ》の落ちた部屋のベッドの上で瞬く私は、しばし自分がどこにいるのかを思い出せなかった。

寝《ね》そべっているのは、宿舎ではありえないようなふかふかのベッド。枕は柔《やわ》らかくも弾《だん》力《りょく》があり、ほんのり冷たくて気持ちいい。

あまりの寝心地《ねごこち》の良さに枕を抱《だ》きしめ、もう一度目を閉じようとしたときだ。

「……エレノアさん、そろそろ目を覚まされた方がよいのでは？」

枕から声がした。

いや、枕ではない。つるんとした手触《てざわ》りに、もちもちの弾力。ひんやりした温度と、困ったような声は――。

「――――神様!?」

気づいた途端《とたん》、全身から血の気が引いていく。「ギャー！」と悲鳴じみた声を上げると、私は慌《あわ》てて飛び起きた。

「ご、ごごごめんなさい！　ごめんなさ――い!!」

あとはもう、平謝りである。偉大《いだい》なる神に対してなんたること。今までいろいろやらかしてきた自覚はあるけど、まさか神様を枕にするとは我ながら思わなかった。

「構いませんよ。疲れていたのでしょう」

ベッドの上で膝を揃《そろ》え、青ざめた顔でとにかく頭を下げる私に、神様はくすくすと笑いながらそう言った。どうやら怒《おこ》ってはいないらしい。

そのことには安堵するけど、だからと言って「良かった」とはならない。いかに神様が許してくれたとしても、聖女の態度としてはどう考えても大失態。というか、神様は怒らなすぎである。

「こ、今後はこんなことがないようにします！　明日からは、もっと気を引き締《し》めて――」

「明日」

平身低頭、謝罪を口にする私を、神様は短く遮《さえぎ》った。

声は相変わらず笑いを含《ふく》み、どこか楽しそうだ。

「明日も来てくださるんですね」

「そ、それはもちろんですが……」

まさか今度こそ、『もう来なくていい』と言われるのだろうか。やらかしてきたことを思えば現実味があるだけに、私は震え上がる。

だけど、神様が口にしたのは、もっと思いがけないことだった。

「エレノアさん。……前にあなたが言っていた『欲しいもの』、思いつきましたよ。ひとつだけ」

え、と瞬く私に、神様がゆっくりと揺《ゆ》れる気配がする。

その動きはどこか、微笑《ほほえ》みにも似ていた。

「あなたの、明日が欲しいです」

低い声に、私の心臓がドキリと跳《は》ねる。飾《かざ》らない言葉に、返す言葉も浮《う》かばずそわそわとしてしまう。どういう意味だろうかと、つい顔を上げて神様を窺《うかが》い見る。

日も暮れかけ、薄暗《うすぐら》い部屋の中。黒い神様の体は、影に紛れてよく見えない。

ただ、穏やかな神様の声が響《ひび》く中――。

「また明日も、あなたと一緒《いっしょ》に過ごしたいです、エレノアさん」

夢で見た、誰《だれ》かの笑みが見えた気がしたのは、熱を持った私の頭が見せた幻覚《げんかく》だったのかもしれない。

あとがき

本作をお手に取ってくださりありがとうございます。作者の赤村咲《あかむらさき》と申します。

本作はもともと、小説投稿《とうこう》サイト『カクヨム』にて投稿していた作品です。少し特殊《とくしゅ》なヒーローの設定もあり、読む人を選ぶ作品だと思いながら書いていましたが、思いがけず多くの方に読んでいただき、幸運にも書籍《しょせき》化のお話をいただくことができました。

書籍化にあたっては、一冊の本として読みやすくなるよう全体的に加筆修正を加えております。はじめて読んでくださる方はもちろん、ウェブから読んでくださった皆様《みなさま》にも、書籍版の本作を新鮮《しんせん》な気持ちで読んでいただけましたなら幸いです。

また、本を刊行するにあたってお世話になった皆様にお礼を申し上げます。

お世話になった担当様、素敵《すてき》なイラストを描《か》いてくださった春野《はるの》様、書籍化に携《たずさ》わってくださった方々、ありがとうございます。おかげで無事に本の形にすることができました。

最後に、この本を読んでくださった皆様に、心よりの感謝を申し上げます。

エレノアたちの物語を少しでも楽しんでいただけたなら、これ以上の喜びはありません。

赤村咲

BEANS BUNKO

「聖女様に醜い神様との結婚を押し付けられました」の感想をお寄せください。
おたよりのあて先
〒102-8177　東京都千代田区富士見2-13-3
株式会社KADOKAWA　角川ビーンズ文庫編集部気付
「赤村　咲」先生・「春野薫久」先生
また、編集部へのご意見ご希望は、同じ住所で「ビーンズ文庫編集部」
までお寄せください。

聖女様《せいじょさま》に醜《みにく》い神様《かみさま》との結婚《けっこん》を押《お》し付《つ》けられました

赤村《あかむら》　咲《さき》

角川ビーンズ文庫　23085

令和4年3月1日　初版発行

発行者———青柳昌行
発　行———株式会社KADOKAWA
〒102-8177　東京都千代田区富士見2-13-3
電話 0570-002-301（ナビダイヤル）
印刷所———株式会社暁印刷
製本所———本間製本株式会社
装幀者———micro fish

ISBN978-4-04-112432-1C0193 定価はカバーに表示してあります。
◇◇◇

姉姫毒殺未遂の罪を着せられ、処刑された闇属性の王女・エリス。半年前に時が戻っていると気づき、運命を変えるため奔走することに！　以前は敵対していた宰相補佐官・クラウィスと協力しながら黒幕を捜すエリスだが……？

角川ビーンズ小説大賞
原稿募集中！
君の"物語"が
ここから始まる！
角川ビーンズ小説大賞がパワーアップ！
https://beans.kadokawa.co.jp
詳細は公式サイトでチェック!!!
【一般部門】&【WEB テーマ部門】
賞金 大賞 100万円
優秀賞 30万円
他副賞
締切 3月31日
発表 9月発表（予定）
イラスト／紫 真依